·青春的荣耀·
90 后先锋作家二十佳作品精选
高长梅　尹利华◎主编

思想的子弹

张文胜

著

九州出版社
JIUZHOUPRESS

全国百佳图书出版单位

图书在版编目（CIP）数据

思想的子弹 / 张文胜著. -- 北京：九州出版社，2013.5
（2021.7 重印）

（青春的荣耀：90后先锋作家二十佳作品精选 / 高长梅，
尹利华主编）

ISBN 978-7-5108-2148-6

Ⅰ.①思⋯　Ⅱ.①张⋯　Ⅲ.①杂文集 - 中国 - 当代
Ⅳ.①I267.1

中国版本图书馆CIP数据核字（2013）第113814号

思想的子弹

作　　者	张文胜　著
出版发行	九州出版社
地　　址	北京市西城区阜外大街甲35号（100037）
发行电话	（010）68992190/2/3/5/6
网　　址	www.jiuzhoupress.com
电子信箱	jiuzhou@jiuzhoupress.com
印　　刷	北京一鑫印务有限责任公司
开　　本	720毫米×1000毫米　16开
印　　张	9.5
字　　数	120千字
版　　次	2013年6月第1版
印　　次	2021年7月第6次印刷
书　　号	ISBN 978-7-5108-2148-6
定　　价	38.00元

小荷已露尖尖角（代序）

高长梅

长江后浪推前浪，是自然规律，也是文学发展的期待。

80后作家曾风光无限——韩寒、郭敬明、张悦然等大批80后作家已成为中国当代文学的生力军，他们全新的写作方式、独特的语言叙述，受到了青少年读者的追捧。

几年前，随着90后一代的成长，他们在文学上的探索也逐渐进入人们的视野。

2006年，《新课程报·语文导刊》（校园作家版）创办时，我在学校调研，中学生纷纷表示，希望报社多关注90后作者，多培养90后作家。那年年底，我在南昌参加中国小说学会小小说年度排行榜评选时，与学会领导和专家聊起90后作者的事，副会长兼秘书长汤吉夫教授对我说：看现在的小说创作，80后势头很猛，起点也高，正成为我国小说创作的生力军，越来越受到文学评论界的重视。你有阵地，就要多给现在的90后机会，文学的天下必定是属于新一代的。副会长、著名散文家、文学评论家雷达博导，副会长、著名文学评论家李星编审都高兴地表示，今后会逐渐关注这些90后的孩子，还表示可以为他们写评论。2007年年底，中国小说学会在报社召开中国小小说年度排行榜评选会议，几位领导还专门询问90后作者的创作情况。

2009年，著名作家、茅盾文学奖获得者、解放军总后勤部创作室主任周大新到报社指导，听到我们介绍报社非常重视90后作者的培养，而90后作者也正展现他们的文学天分，报社准备出版一套90后作者的作品选时，周主任静下心来仔细翻阅那套书的部分选文，一边看一边赞不绝口，并表示有什么需要他做的他一定尽力。周主任的赞赏让我们备受鼓舞，专门在报上开设了《90先锋》栏目。这个栏目一推出，就受到90后作者、读者的欢迎。

2010年，著名报告文学作家、学者，中国图书奖、五个一工程奖、鲁迅文学奖获得者王宏甲到报社指导，见到报社出版的《青春的记忆·90后校园文学精选》及报上的《90先锋》专栏文章，大为赞赏，并称他们将前程无量。之后不久，我们决定出版《青春的华章·90后校园作家作品精选》。这套书收入18个活跃的90后作者的个人专集，也是90后第一次盛大亮相。曹文轩、雷达等为高璨作序，著名文学评论家李少君、张立群为原筱菲作序，著名评论家胡平为王立衡作序。此外，还有一大批中国作家协会会员如刘建超、蔡楠、宗利华、唐朝晖、陈力娇、陈永林、邢庆杰、袁炳发、唐哲（亦农）、孟翔勇、倪树根、李迎兵、杨克等都热情地为90后作者作序推荐。他们在序中都高度评价了这些90后作者的创作热情、创作成绩。当然也客观地指出了一些值得注意的问题。

90后作者的成长也引起了文学界的重视，他们当中不少人都加入了省级作家协会，尤其是天津的张牧笛还于2010年加入了中国作家协会。他们以自己的灵气、勤奋，正逐渐走向中国文学的前台。

张牧笛、张悉妮、原筱菲、高璨、苏笑嫣、王立衡、李军洋、孟祥宁、厉嘉威、李唐、楼屹、张元、林卓宇、韩雨、辛晓阳、潘云贵、王黎冰、李泽凯等无疑是这一代的代表。这其中我特别欣赏原筱菲。她不仅诗歌、散文等写得棒，美术作品别有特色，摄影作品清新可人。在报刊发表文学作品、美术作品、摄影作品2700多篇（首、件）。还有苏笑嫣。不仅诗歌写得好，小说也受评论家的好评。尤为可贵的是，她完全依靠自己的能力行走文学，却不去借助自己父母的关系走丁点捷径。还有张元。一个西北小子，完全凭自己对文学的执着，硬是趟出自己未来的文学之路。还有韩雨。学科公主，加上文学特长，使得她如鱼得水。

著名文学评论家白烨曾发表文章将40岁以下的青年作家群体细分为"70年代人"、"80后"和"90后"。他评价，90后尚处于文学爱好者的习作阶段。从创作来看，青年作家普遍对重大历史事件有所忽视，对重要的社会问题明显疏离，这使他们的作品在具有生活底气的同时，缺少精神上的大气。不过，在他看来，这些年刚刚崭露头角的90后有着不输于80后的巨大潜力。（转引自《南国都市报》2012年9月18日）

但不管怎样，成长是他们的方向，成长是他们的必然结果。

这次选编这套书，就意在为90后作家的茁壮成长播撒阳光，集中展示90后作家的创作实力。我们相信，只要90后的小作家们能沉下心来，不断丰富自己的阅读以及丰富自己的社会积累，努力提升自己写作的内涵，未来的文学世界必然会有他们矫健的身影和丰硕的成果。

我们期待着，读者也期待着！

目录

第二辑 成长痛感

第三辑 诗落开花

第四辑 文字向阳

第五辑 心灵渡澜

第六辑  真谛求索

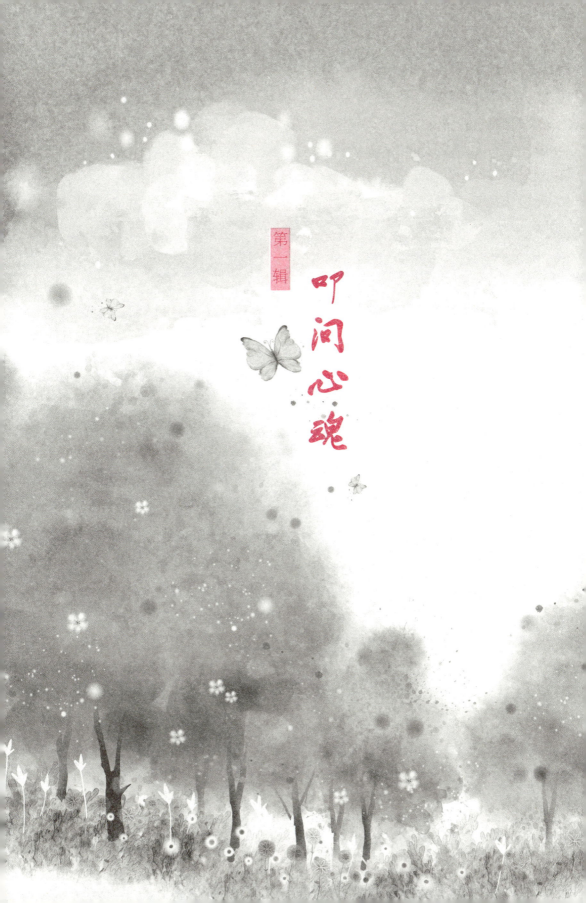

第一辑

叩问心魂

到底是谁在操控你

成功者是自己在操控自己,失败者是别人在操控自己,失望者是情绪在操控自己,迷惘者是处境在操控自己……每个人都可以操控自己,以及拥有选择被谁操控的权利,这一切的决策者都是你自己。

可能人们已经忘了,自己还是自己的主人,忘了青春时期发出的那些铿锵誓言:做自己命运的主宰,做自己的船长。人们被居高不下的房价和油价压得喘不过气来,一个个先后沦变成房奴和车奴,一个个事先花了明天的钱,一个个生活在不安定的生活里,内心难以得到片刻的安宁。人们从自己操控自己,到被许多残酷的社会现实所操控,于是人们的自由便越来越少,人们的安全感和成就感自然也就消失得无影无踪了。

的士司机的心境

打开的士的车门,坐到的士车前排,的士司机正听着广播节目,节目里谈到房价在短短几天内上涨了几百块,的士司机的悲观心情显示在了他的脸上。我跟的士司机聊起天来，他告诉我他有三个小孩，其中有两个高中还没有毕业，他对教育的投资非常大，现在根本就没有能力买房，甚至是按揭买房，都没有这个能力，只能租着别人的房子过普通日子。说着的士司机便一脸茫然，似乎是一个被人抢了玩具的小孩，有心却无力再去抢回被抢走的玩具。

然后，广播节目又谈到一个关于房子的新闻：有一栋刚建好的商品房，楼体在一夜之间竟然坍塌了，房地产行业存在严重的泡沫工程，民众的切身利益受到严重的侵犯。听到这则消息，迷茫的的士司机似乎"雨后天晴"了，他开起车来好像方向感比刚才强多了，劲头更足了。我跟的士司机开玩笑说："司机，您真是一个情绪的玩偶，别人叫你下雨你就下雨，别人叫你出太阳你就出太阳，两者的配合相当有默契，这还真有意思！"的士司机无奈地对我苦笑，无话可说。

在每一个人身上，都有自己的情绪操控开关，有些人自己可以操控这些开关，有些人只能让别人操控这些开关。

于是，有些人面对世间的各种天灾人祸抱以平常心，情绪并不因为这些意外而出现巨大变化，于是这些人练就了强大的自我操控能力，在生活和事业里有一种脱离世俗而不被世俗束缚的超凡脱俗的心境，面对各种各样的处境可以表现得自在和坦然。

有些人在遭遇到一些可以跨越的障碍，却因为自己的失误而不能战胜挫折时，心情沮丧，而且心境一直处于被外界操控的状态，这些人没有经过慎重思考便把自己的一切都交给了外界，任凭外界如何驾驭自己，任凭外界如何操控自己的情绪，他们在生活和事业里面临着越来越多的麻烦和阻碍。

的士司机似乎习惯了让广播的消息对自己的有利程度来操控自己，心境不是自己真心选择的，于是他的表情会出现大起大落的状况。而我们，是否也和的士司机一样，遇到不一样的事情，就有与之对应的被外界操控的心境？

爷爷与盆栽

小龙爷爷有一个很喜欢的盆栽,他培养了有十几年的时间了。

有一次爷爷迫不得已要外几天出,便嘱咐小龙要好好听话,帮他照顾好他心爱的盆栽。在爷爷离家的日子里,还未成年的小龙悉心照顾爷爷的盆栽,每天晒一次太阳、淋一次水,小龙的每一个动作都小心翼翼,担心自己的一个不小心和不经意就把爷爷的盆栽给摔破了。

好几天小龙都是用最好的状态保护着爷爷最爱的盆栽,就快到爷爷回家的日子了,小龙还是保持那样一种不出差错的状态。

意外的事情还是在距离爷爷回家还有最后一天的时候发生了。天空下起了滂沱大雨,小龙急忙把正在晒太阳的盆栽搬回屋内,就在他搬的过程中,他在湿滑的地面上重重地摔了一跤,盆栽和他一样重重地撞到地上,爷爷最爱的盆栽竟然被小龙打破了,小龙的心情十分糟糕,在这最后一天里,他无论如何都睡不着觉,内心是一片强烈的自责和不安。

小龙把事情的真相告诉爷爷之后,问爷爷是否怪他。爷爷摸摸小龙的头,然后说道:"其实我也预料过这种意外会发生,结果还真的发生了,你说我的预料能力是不是很强? 幸好你没事,盆栽摔坏了不碍大事,只要你没事我心里就不难过了,跟盆栽比起来,爷爷觉得你更值得爷爷花心思去爱啊! "

小龙真是被自己的意外遭遇吓怕了,上天跟他开的一个玩笑,让他的心情产生巨大的改变。而爷爷似乎却懂得操控自己的秘密,他不会因为失去自己心爱的盆栽而对孙子大发脾气,因为他知道发脾气只是不懂得操控自己情绪的人才会做的蠢事。

思想的子弹

可以选择心平气和地面对已经失去的东西，可以选择心情糟糕透了地面对无法挽留的东西，爷爷选择了心平气和，选择了让自己操控自己的情绪。

老板和工人

两个工人因为第一次进工厂，都不熟悉工作的生产流程，也都不懂得工厂的各种规矩，其中一个工人整日无心向老工人学习，只知道耗费自己的时间做自己不认真做的事情，另外一个工人则虚心向老工人学习，有不懂的问题就谦虚地向老工人和老板请教。

到了工人们领取工资的时候，第一个工人只拿了整个工厂最低的工资，而第二个工人除了拿到最低工资之外，又拿了将近五百元的奖金。

第一个工人情绪十分低落，对第二个工人充满了嫉妒和怨恨，对老工人和老板不曾自愿地传授自己上班需要的各种技能抱怨，从来都没有反思过自己的过错与致命的毛病。

第二个工人觉得自己得到较高报酬是理所当然的事情，但他不会流连在这些金钱里，他渴望用自己的努力和勤奋证明自己的能力，他希望自己能凭借实力当上工厂经理。

几年后，第一个工人承受不住一直被人冷落的处境，患上了抑郁症和强迫症，劳动能力严重下降，人老得特别的快。而第二个工人，依靠自己的不断学习和不断进步，终于如愿以偿地当上了工厂的生产部门经理，他的精神状态一天比一天好。

又过了几年，第一个工人因为实在是没有心力再待在这个工厂受折磨了，他选择了跳槽。而第二个工人，决定自己单独开一间这样的工厂，他把现在他所待的工厂的各种不完善看得清清楚楚，于是在建立工厂时，他考虑得非常细密和周到，把以前的工厂的不足和漏洞都填补上了。

很快，第二个工人的工厂不断发展壮大，一直发展到超越原来他所工作的那一家工厂，然后他继续做好各种市场调查，有序地扩大生产规模，并且不会因为一次的大亏损而不知所措，也不会因为一次的大赚一笔而兴奋过头。

最后来，第二个工人顺利地把原来那家工厂收购了，并培养了一大批优秀工人和优秀管理人才。

一念之间的操控区别

到底是谁在操控我们做出每一个决定和每一次选择，到底是什么在操控我们的情绪和心情？

不一样的答案便有不一样的谜团。许多人对于错综复杂的现实已经显得麻木了，操控自己的能力已经完全丧失，于是只好将自己完全托付给外界去操控。于是他们遇到伤心的事情就只会一味地伤心，遇到开心的事情就只会一味地开心，不懂得从事情的现状和背后引发因素思考问题出现的各种原因。他们就像是一部部任人控制开关的机器，让他们失去信心他们便乖乖地失去信心，让他们无力生活便不做反抗地无力生活，他们完全沦为外界的玩偶。

理智的人完全知道自己的心境由自己选择，操控自己的开关必须要让自己严格把好关，任何人想要以各种方式操控自己，是绝对没门的。于是他们的生命力变得无比顽强，理智的人时刻都精力充沛，不会因为一丁点小事而情绪大变，也不会因为巨大新闻传入耳中而心情骤变，他们知道他们需要做的是首先把自己操控，然后才能谈事论事和做事。

我的朋友，你是自己操控自己，还是被外界操控呢？其实，被自己操

思想的子弹

控与被别人操控，差别就在一念之间，多细心分析和理性思考一会儿，果断地保护好自己的情绪开关，学会像成功者那样操控自己，你就是不一样的你，你就会成为一个准成功者。

或许我们应该对外界少说话

　　我们保证不了自己说话的质量比较高，能够清楚地传达我们的内心所想，并且我们比较信奉一句话"话多容易出错"，活在这个由许许多多人组成的世界，也许我们真的应该减少对外界的说话，为的是与外界高效地交流，避免因为说话太多产生很多误会和麻烦。

　　不是所有人都清楚自己在说话的过程中容易忘记了自己有哪些东西是不能够说的，一旦说出去就会造成很多不良影响，而现实中很多人就是因为说话的时候控制不了自己的节奏，然后把很多不应该透露的秘密或者八卦都告诉别人了。

　　的确，刹不住车是一种可怕的问题。语言是一种很神奇的艺术，它能隐藏很多信息，也可以传递很多信息，可以让两个人拳脚相加，也可以让两个人相互依偎，说话便是由语言构成的一种活动，如果表达不当，很多不必要的问题就会出现了，从这个角度来看，我们依旧应该有必要少说话。

　　少说话不代表我们不说话，相反，在我的概念里，我认为我们应该多跟自己说话,因为自己才是最应该交流的对象。如果我们要让自己不断成长,那我们就应该不断地认识自己、发现自己和改变自己,而这就需要我们跟自己多说话,有有声的说话,也有无声的说话。相对于跟别人说话,我们跟自己说话便显得像一种锻炼和磨砺,是增强沟通能力的必要手段。

通过跟自己多说话,我们便可以不断得知自己最需要什么,不断深入地看清楚自己的面目,不断提醒自己要如何去寻找自己的方向和应该如何付出努力与汗水,大概这是我们跟别人说话的前提。

少说话的含义里面,还包括提升自己的说话能力,多说不如少说,少说要胜过多说,就要把话说得清楚和说得有质量。这个过程需要我们不断去形成自己的说话模式,是一个需要锻炼的过程,其中最好的说话对象还是自己,因为不管自己对自己怎样,我们最后都是能够接受自己,让自己向自己妥协的。

或许我们应该对外界少说话,而对自己多说话,不需要太多理由,只需要默默地意会和行为上的印证。

思想的子弹

你到底为谁活着

许许多多的人都搞不清楚自己来到这个世界到底是来干什么的,是赤裸裸地来到这个世界,然后又赤裸裸地离开这个世界吗?没错,生命有一个开始,同样也有一个结束。但一个人来到这个世界,具体是来做些什么的呢? 其实高度概括之后就一个字:活。

生命是充满可能性的存在,有生命的地方,就可以变得五彩缤纷和靓丽多彩。可是,这只是生命的可能性,现实当中许多人已经忘了让自己精彩起来的使命,就连自己活着是为了谁,也搞不懂。这是一个人的悲哀,这也是一个时代的悲哀。

从小学开始,很多父母就望子成龙、望女成凤,希望孩子读书成才。于是,有些孩子以为读书是读给父母的,他们用心记住课本上的知识,然后在考试里面拿一个比较高的分数,把它作为回报父母的最好选择。日长月久,孩子的思维就形成了定势,认为读书就该与回报父母连在一起,自己活着是为了考一个好成绩给父母。其实,现在变得理智的我们,可以判断这是多么不科学的思维呀,为了成绩而活,为了父母而活,并未考虑过自己,这不是一种不把自己的真正需要放在眼里的思维吗?

不把自己放在眼里的人,最容易失去自我,在生活的过程中极其可能活得太苦太累。为别人而活,如果自己的表现并不能让别人满意,那郁闷的终极者是自己,陷入困境的终极者依然是自己。

怎样才能活得不累呢? 我觉得首先是内心的不累,然后才是身体的不累。

要做到内心不累,就必须不断阅读先贤和先哲以及当今风流人物的思想精华,让自己的精神支柱坚厚起来,并且形成自己独特而不容易被摧垮的思维体系,告诫自己活着并不是为了别人,而是为了自己能够体验更真实的生活,拒绝虚伪并且与虚假的事物势不两立,用真实的感受去感化自己的心灵,让心灵之河变得明澈,这样就可以做到内心有活力了。

要让身体不累,那就需要有计划地学习和工作,有目的地休息,有规律地整理自己的得失,还需要让脑细胞、运动细胞不断更新,不断吸入新鲜空气,不断补充能量,不断参加体育锻炼,这样人的身体便可以保持一种活跃的状态。

心不累是身体不累的必要前提，身体不累是心不累的影响因素，心不累比身体不累对于轻快地生活更重要。

如果你现在是一名自己的雇工佣人，你每天都在为你的生活卖力，经常想着关乎自己未来的事情，并且在不断地修改自己的人生计划，在实施的过程中制定自己的改进方案，那你就是为自己而活了。如果你可以不说假话，可以面对一个真实的自己，用真实的自己去对待别人，并不强求别人也表达真实的自我，那么你的确是有进步地为自己而活了。

还有好大一堆人把自己的大部分时间用在网络上，例如闲聊，例如刷微博，他们把自己的生命贡献给互联网事业的发展上了，然后变成了互联网事业进步的牺牲品。我们都应该明白互联网再好，如果一个人把大部分时间都用在互联网，那这个人绝对就是在为互联网而活，从来没给自己机会让自己考虑自己灵魂的真正需要。到最后，处于生命终点的他们终会对于自己邂逅网络而后悔，终会因为自己为网络而活而感到这真的是一大愚蠢之举。

那些整日把时间放在赚钱上的人，要醒醒了，生命不是叫你去赚钱，生命是叫你去成长和体验。与其说你赚到了钱，不如说钱赚走了你的青春和毕生的精力。

为世俗的功和利而活，其实是把自己当作一颗功利化的子弹，自己被自己的思想之枪击打出去，然后或击中目标，或郁闷地摩擦空气，但最终都只剩下一个变形的自己，而我们生活的世界也会因为你的变形而在你的思想里变形，这是令人恐惧的结果。

人除了物质之外，还需要有精神的需要。如果你真的要活，并且要活得出彩，那你就需要为自己的精神来源和物质来源思考一番了。

你敢不敢

　　面对一大堆意外之财，你敢不敢独自拥有？如果是上天对你的考验，检验你是否会见钱眼开和见利忘义，而一旦我们忘记了这一点，也许就容易"勇敢"地把意外之财收入囊中，或许我们会因为头脑被眼前的景象冲昏，而对于未来的设想和憧憬，那一刻皆可化为虚无的假象。

　　孤单黑夜里，你敢不敢一个人好好学习，不去看别人怎么熟睡，自己一个人挑灯夜战？究竟是勇敢还是懦弱，是一种坚持或者放弃，面对这样的抉择我们是否有过不一样的犹豫不决？我们也害怕孤单吗？星星闪烁，但是夜深之后光亮就开始暗淡了，月光洒满阳台，但是夜深之后就开始消失了，我们是否会担心没有人可以陪伴我们，没有人和我们走在一道，共同寻找心灵降落的地平线？

　　我们还年轻，可是我们已经懦弱过好几回，甚至是几十几百回了。也许是因为有点无知，不知道怎么把自己的时间好好地分好，然后把时间宝贵的成分一点点配置成药，到我们害怕的时候，被我们服下，对我们的灵魂进行救赎与洗心。偷懒的情愫，似乎可以加重我们的退缩，越是懒惰，越是不想动，我们的勇敢就找不到可以施展才能的空间了。

　　如果发现权威的言论并不符合实际，我们的那颗心脏是否能够勇敢地爆发能量呢？是一种正义或者对真理的执着追求，能否促使我们把错误的东西纠正？我们会不会顾着自己的面子，为了撑起权威者的场面，我们能否保持最初的一种天真与发现问题的敏锐度？事实永远是可料而难以预料准确的，勇敢不勇敢，我们自己并不能说话算话，我们的思想和执行能够有一切的说话权。

我们未曾饱经风霜，我们的经历都局限在过去对世界认识的缩影里，我们没有太多的筹码，但是我们的青春已经有过太多的忧愁，它们足以挡住我们看清楚自己真实面目的视线。我们并不完美，我们没有必要害怕受伤，一点点的刺激，可以让我们的生命更完整，我们的完美不是最具价值的，我们的伤口和坚强，才是富有意义的回忆。

特别的生活，理应果断而且勇敢，在我的心里，僭越原则、践踏生命的底线是一种懦弱，而不是一种正确的勇敢，所以我的生命的勇敢都是积极的勇敢。不敢做有纪念价值的事情，不管事大事小，那样的生命所跳出的舞蹈也只能是僵硬的循规蹈矩的动作，没有任何新意可言。敢不敢，也是一种有没有打破旧的无用的落后的东西的气概，真正能够走到世界尽头的人，理应是勇敢而且理性的。

敢与不敢，可以有所谓，可以无所谓，没有绝对的评判。所有的情愫，在我们自己清净之后的内心里，自然会得到相应的评定。时间还在不停地流淌，我们的生活还在继续，我们那颗心还在等待新事物的亲吻与邂逅，抑或新的分别与新的相遇，而不变的说法是：敢有敢的风景，不敢有不敢的欣赏角度。

你选择在什么时候开花

自然界大多数的花儿选择在春天开放,还有一些花儿选择在凛冽的冬天开放,也许还会有一些花儿会选择在夏天或秋天开放。我们自己这朵花会选择在什么时候开放呢?

每个人都有自己的选择,自然界会尊重你的选择,自然界也会给你一个在你选择之后相应的特殊开花体验。

许多人的爱情之花会选择在早春开放,于是它们度过的大部分春天,都可以看见自己家的花朵常年开放,不用再羡慕别人的花香和芬芳。自己经历开花,而且可以自我欣赏,在不经意中也许也会被别人欣赏过,这是一种提早到来的幸福。

每种幸福都是有代价的,许多太过年轻的人因为爱情之花太早开放,事业之花一直难以绽放,事业一直是很多人心中的一道伤痕。

可是,那些事业之花在早春就选择盛情开放的青春拥有者,如果因为事业之花太过美丽而不想错过连续开放的属于唯美爱情的另一种绝美,把人生的春天都贡献给盛放"事业",让世人的视觉里有一番非常美丽的事业之景,那这样的美丽会不会把爱情之花扼杀了?

每一种艳丽的花儿，都会引来其他没有那么艳丽的花朵的多多少少的羡慕和嫉妒恨。有些花儿因为能像参天大树一样，压死许许多多像小草一样低矮的花儿，夺去了大部分的阳光和温暖，它们便会变得越来越妖艳，而这不是一种真正的美。

我们也许会忘了我们除了爱情和事业，还有一朵学习的花朵，它也需要一直绽放，甚至是一个对于生命无穷的期限，能够活多长时间，学习之花便要绽放多久。

许多花不愿意在春天开花，因为它们想避开一个万物复苏的季节，它们不想依靠妖艳的特点来吸引众人的眼球，它们只想考验自己万分坚强的意志，以此来感动众人。于是，有一些花朵选择在冬天开放，它们顶住严冬的各种寒冷的气息和凛冽时的风雨打击，给世人留下一种绝妙的冬景画，让人感叹不已。也有一些特别另类的花朵，会奇怪地选择在夏季和秋季绽放，它们自信地战胜热烈的阳光，它们自信抵挡秋风的扫荡，这些花儿都是值得人类敬畏的一些"非主流"的花儿。

其实，我们还忘了一个最重要的花园，那就是我们的家庭，我们的身体和心灵疲惫了，一个我们可以回去欣赏和得到休息的天地。其实，我们有两个家庭，第一个家庭父母一辈已经替我们开放了一朵朵花，第二个家庭需要我们用学习、事业和爱情之花的灵感去种植相应的植物，开出相应的花朵。它的最绚丽的绽放是要迟于学习和爱情之花的，因为它的开放是要以这两者作为坚持的前提和基本营养的。

有些花朵选择在春天开放能够结出饱满的果实，有些花朵选择在冬天开放能够结出制作珍贵药材的果实，有些花朵选择在黑夜绽放能让世人有一个充满清香的早晨，有些花朵选择在烈日底下绽放希望可以打动世人的内心，有些花朵选择在不确定的时间里绽放，是为了不间断地引导一个诗人的成长。

你是哪一种花？你会选择在什么时候开放？每一种花都有值得让

人留恋的地方，每一次开放都是具有神秘和神圣之感的。一旦选择，你就无法再重新开始选择了，因为你只是作为人类丛林里的一种"植物"，你所能开放的花朵只有一种特点，只要选择了就不需要再后悔。

如果你再也写不出什么

如果你再也写不出什么，没事，那不是你的错，因为你的生活经历本身就很有限，你的想象力本来就不会特别丰富，或者说现实的压抑已经将你想要表达的东西都埋没了，现实的残酷都将你的想象力抹杀得片甲不留。到底能否继续写，真的没事，我们还可以思考，我们还可以不写，还可以保持沉默地只是静静地思考。

如果你硬要写，我可以这样告诉你：强迫的写其实是一种被动的写作，那是很难写出好作品来的一种命令，倒不如将你计划用于写作的时间拿出一部分来进行深度阅读，拓展自己的写作视野，借鉴名家的写作经验，这不是一种很明智的选择吗？

我有一个结论：写作其实就是一种自己既是作者又是读者的工作。我们一边写作，也一边在阅读，不过这个范围有些小，但事实就摆在那里，我们的确可以这么认为。80后作家韩寒说他从来就不读别人的小说，他只写自己的小说，或者说他只看自己的小说，自己的作品的感染力也是可以影响自己的。

即使我们真的写不出来,我们也不需要感到担忧或者恐惧,因为写作本来就不是一个必须做的事情,写作总有一定的理由或者坚持的动力。有些人写作是为了记录自己每一天的生活,有些人写作是为了单纯地赚钱,有些人写作是为了影响一代人,有些人写作是为了换取名声,我们很难判断一个人究竟把写作当成一条通往何种目的地的途径。但是我们可以面对真实的自己,向自己发问:我们写作,究竟是为了什么,究竟要写到什么地步? 得到答案之后,我们自然就能有新的写作动向。

你写不出来,不能说明你已经到了创作的瓶颈,只能说你暂时被现在的情况弄得晕眩了。如果你愿意找到救赎自己的文字,你就可以找到新的写作的源泉,你的文字还会像涓涓细流的河水。我们有理由相信这个世界的文字组合是具有无限大的可能性的,但最后能够拯救自己的人还是自己,这又是一个有力的结论:文字其实是自己一个人的事,每个人都理应有自己的文字,或者有写与不写的选择的自由,我们不能越权地干涉他人与文字的关系。

你写的文字也不是别人一定要看的,你写的文字,你就是自己的第一个读者,你实在写不出来,那只能说明你的才华表现出来的通道被你堵塞了,你需要做的是找到一些可以帮你疏通思维管道的文字。也就是说,我们不能作为作者而生存时,我们可以作为一个读者存在,因为文字本来就是属于全世界的,文字从来就不被某些人独自占有,文字是公用的,我们写得出来,或者写不出来,那都没关系,因为文字的组合迟早都会被人类进行,至于是谁,可以是自己,也可以是别人,我们不能强求,也不需要强求。

对于实在无法再写出文字的人,我有一点建议:不如先封笔一段时间,如果花费时间创造一些没有生命力的文字组合,那就等于创造文化垃圾,目前我们的文化污染已经很严重了,有责任心的我们要懂

思想的子弹

得收敛啊。

写不出来也需要一分为二地去分析。写不出来，暂时不能够积累自己的文字材料，但可以让自己拥有更多的时间到外面去游玩，有更多的自由到外界去发现世界的美好或者丑陋。写不是我们活在这个世界上的唯一任务，我们需要做的，远远比写要多很多，我们需要考虑的，远远要比写复杂很多。写不出来，这本身就是一个很小的问题，如果某一刻灵感一现，我想恐怕那是很难收住笔的。

不要斤斤计较，我们不知道网络作家为什么能够码几千万字，但是我们知道优秀的作品始终是有一定的字数限制的，短篇的经典章目其实才是最适合大众的优秀传统阅读材料，因为人的一生也不是全部用来阅读的，那些有一定长度的篇章，才有机会成为流传的篇章。

面对写与不写，写得好与写得不好，我们没必要太过计较，一步一个脚印地沉淀自己的思考，踏踏实实地练笔，广泛地阅读经典篇目，我们的写作事业才会有效地促进我们的现实生活去升华和结晶。其他关于写作的奢望，全都是把写作摆得太高或者太低，我们需要的是合适的低姿态，那样的写作才能融合大众与自我，没有太多的杂念与苛求左右。

这个人写不出，那个人写不好，但我相信总会有人从某个角落蹦出来，然后写得出，也写得好，写作是一个既严肃又普遍的话题，不能强求，只能顺其自然与遵守自愿的原则。万一这个平衡被打破，人就会成为写作的劳动工具，写作就会成为人的劳役。

什么决定爱情

　　爱情是神圣的,爱情所具有的能量一旦爆发,它可以让两个人获得巨大的能动性的解放。不过,这里所指的爱情是理想的美好的爱情,也就是适合的爱情,可以削掉许多棱角的爱情。但这个世界存在太多很不理想的爱情,爱情的决定因素有很多,爱情是建立在恋爱的基础之上的一种情感升华,既不能着急,也不能背叛的爱情,才有可能给人以阳光与上进的力量。

　　很多人在选择自己的恋爱对象时,首先考虑的都是容貌。的确,容貌给人的第一印象是让人选择是否继续交往的判断标准,如果第一印象太差,那后面基本上就没戏了。容貌可以说是决定爱情的算不上首要但却算得上很重要的因素,加上每个人的审美标准都不一样,所以容貌特征就显得非常重要了,尤其是对于希望结合的两个男女。

　　有些人不在乎容貌,更不在乎品德,他们只在乎金钱,或者只是喜欢财产,财产是决定爱情的唯一因素。我想这是一种畸形的爱情观,或者说是一种变态的爱情观,只有爱钱如命的女人或者少数男人才会为了钱而贡献自己的身体,况且依靠钱交易得来的爱情并不是真正的爱情,所以这一类为钱所困的爱情确实让大多数人无法接受。可事实就摆在那里，很多人的确因为金钱的指引而选择了自己并不情愿的爱情。

有些人或许是上辈子怕权力怕到都不敢失去权力或者什么都不想要只想要权力了，于是他们选择自己的爱情时，只需要考虑对方有没有权力，有权力便毫不犹豫开始一段爱情。权力是跟欲望和操控别人、管理别人挂钩的无形之物，追求它的人如果自己无法得到它，也许就要通过爱情去把它握在手里。权力也是决定爱情的一大因素，很多人的爱情便证明了这一点。

很多男人都不敢娶女博士，因为女博士文凭太高，男人怕自己的资历不够，或者这样的爱情会让男人失去尊严，我想学历也是爱情的一大决定因素。原本求学与读书是自己的事情，某些人太在意这些虚有的文凭的东西，那就会让自己的真爱可能离自己很远。但不可否认，很多人就是因为学历而不断改变自己的爱情，学历也是爱情的一大决定要素。

作为普通人，考虑得更多的可能就是性格问题，如果性格合不来，那就像是火遇上水，水火终究不相容，只有能够互相包容的爱情才是可以继续的爱情。从而，性格相合就成了爱情得以继续不可或缺的一大要素。

其实，有很多人的爱情是会考虑到后代的，毕竟身高也是决定爱情是否美满的一个微妙因素，如果两个人都偏矮，那这样的爱情的果实是很难让两个人都开心起来的。我想，爱情被身高左右着，其实也有它的道理。

我们都知道异地恋是非常危险的一种恋爱，异地的爱情是很难保持常青树状态的，异地恋的爱情是很容易就会出现出轨的情况的，所以地域问题也关乎爱情能否继续。

文化的差异，也可以让人对于爱情有不一样的抉择。有些人希望自己能够进入另外一种文化，学习到更多东西，开拓自己的视野，有些人希望两个来自相同文化的男女结合，那样便可以避免很多文化差异带来的麻烦和困扰。文化的差异的存在使得人们在对待爱情时有不一样的思考，我想文化因素也是必不可少的一种考虑。

也许职业问题也是爱情的一种控制因素。有些人不喜欢医生，有些人不喜欢殡仪师，有些人不喜欢司机，有些人对屠夫很忌讳，有些人很排斥化妆师，这是很难说清楚的复杂问题，如果两个人真的相爱，我想那是需要经过好长一段时间的折磨或者考验才能达到的状态。

不管是什么决定爱情，我想只要用心去尝试，不要因为几次的失败就变得气馁，那样很没有必要，那是一种没有勇气的表现，更是一种躲避现实的表现。真爱没有那么容易就能找寻到，只有有心人有心地去发现、去寻找，才能把自己的真爱从人山人海中找出来，这个过程需要的只是一种淡淡的不用过度计较的心态，不过分也不堕慢，适可而止或者知何时该进、何时该退。

世界不真实，我们就要虚伪吗

作为一个真实存在于自然界的人，需要一定的真实感，如果连真实感都不能给予自己的人，身体和灵魂只能生活在虚假的摆设里面，有时候真的是行尸走肉，心情真的很糟糕，甚至做什么事情都提不起劲来。

世界上有太多的人戴着面具说话做事，比如说，小贩说这只表是从美国进口的，便宜卖给你，你没察觉到情况不对便毫不犹豫地买下了一只假表。后来你发现自己上当了，不虚伪的人会有一丝伤感和对小贩的咒骂与对自己的自责，虚伪的人则装作若无其事。而现实当中，也许只有穷人才会贪这种非常小的便宜，上当的也往往是钱财不多的人，但他们都敢于表现真实的自己，要是再遇上这个小贩，非打断他的狗腿不可。

至于大买卖，也许就只有富人才能够被其中的手段迷惑而受骗了。去澳门赌博的人一般都是有一定金钱和地位的人，他们有的是挪用公款去赌博，有的是拿盈利去赌博，如果被出老千的赌徒赢走一大笔钱财，富人当中的官一代也许就必须虚伪了，他们别无选择，因为他们动用不了法律武器，一旦动用那简直就是惹牢狱之灾，还是丧失一些钱财顶灾更划算一些。而拿盈利做赌资的富人，也许就不是那么好惹了，他们一般都不会轻易放过这些赌博流氓，一定会追究到底，从而不做一个虚伪的自己。

究竟要不要虚伪，从以上事例我们可以看出，特定的情境和特定的人物有不一样的抉择。也可以进一步说，这个世界上的每一个人，都必定会虚伪，所有人都有一定的虚伪度，只是它的高低因人而异而已。

世界不真实，我们的确需要学会在适当的场合适当地虚伪。面对绑架自己的绑匪，自己有信心不把银行卡密码告诉他就不要告诉，尽量拖延，争取警方和亲人解救自己的时间，学会对非正义的人虚伪，就有可能避免让坏人的目的得逞。面对街边没有断手、没有断脚的一边卖唱一边写乞讨书的年轻人，我们就需要表现出一定的虚伪，你不虚伪，你给他零钱或者一百，你这是在害他，你是在助长他不经过艰苦劳动而获得报酬的歪风邪气。学会辨别是非和学会思考怎样使这个社会更少"垃圾式"的欺骗，我们就可以让虚伪变成一个好的作风。

上课的时候，学生不懂装懂，是一种虚伪，是一种害自己的虚伪；年轻的人，没有自己的钱财，向别人借钱来谈恋爱或者飙车、喝酒、装富二代，是一种虚伪，是一种必定会"遭雷劈"的虚伪；不会游泳，却硬要跳下河流拯救溺水儿童,是一种虚伪,是一种利人不利已的虚伪,有时候还可能是越帮越忙的虚伪。当虚伪成为一种忘记真实世界需要的良知和责任感时,虚伪就会成为一种毒药,虚伪的人是自己在毒杀自己,而不真实的世界并没有跟你提出这个要求,错误完全在于自己。

因为偷了人家东西、把人家打伤,然后不愿自首,在被警方抓到审讯时,死不肯承认事实,还捏造一系列谎言来尝试推脱自己的责任,这种虚伪已经完全陷入了难以变干的泥潭里了。人本来就可以通过自己的劳动而获取财富,但一个人不愿意用正常方式去劳动,而是选择做虚伪的自己,做一个盗贼和坏人,本不是自己的理想,但事实就摆在那里,是你的始终还是你的,你不想要也没门,若想人不知,除非己莫为。虚伪是要付出一定代价的,如果我们想要虚伪,还得首先考虑这个代价到底是大还是小,否则回头是岸却回不到过去了。

许多有钱人会背着妻子包二奶甚至三奶,其实,这种行为艺术也是虚伪的艺术,二奶和三奶也只是被人玩弄的器具,许多人却把她们当作压力和激情的释放地,忘记了当初自己说过的爱情要忠贞和专一,但这个复杂的社会已经把太多的承诺都推翻了,同时也把太多虚伪的面纱也揭开了,世人可以清清楚楚地看到不是往有良知的方向去的虚伪之人,某年某月某一天会因为表里不一而完全失去所有珍贵的拥有的,不是不报,是时候未到。

书本里面的文字,也许它的作者并不是上面标注的那个作者,而是遭遇抄袭的作者。可以这么说,虚伪就在我们生活的点点滴滴里上演,虚伪随时都有可能表现出来。父亲对孩子撒谎,虚伪地说夜里有鬼,不要往外面乱跑;母亲对孩子撒谎,虚伪地说河里有怪兽,不要到河里游泳;老师对学生撒谎,虚伪地说阎王爷最喜欢把成绩最差的那个学生从人间召到地狱。

有时候,很多虚伪是你铺设康庄大道所必需的砖瓦:对领导的马屁,

思想的子弹

对上司的尊敬,对贪官和污吏的暂时容忍,对不讲道理的人暂时的忍受,都是在给自己保存实力,甚至给自己添加成功的筹码。

但对于亲情,虚伪不见得有很大的必要性。虚伪的亲情会疏远亲人的距离,会让原本和睦的家庭可能面临破碎的危险,会让一个原本还有一些真实的家庭完全失去真实。

其实,很多的虚伪也是充满趣味的,虚伪已经被聪明的人类演变成了一种行为艺术了。

我们必须承认一个事实:世界的确是虚伪的,但我们的存在是真实的。如果真的没有别的选择,我们虚伪一次,只要不造成大罪过,其实是可以的,因为你不虚伪,你就注定要承受一些你不应该承受的不明不白的罪名,不如将错就错,将损失降到最低。

该虚伪时就虚伪,路见不平如果实力不济就不必拔刀相助。作为一个真实的人,血要流得有价值有意义,而你的价值和意义的实现,就取决于你如何选择表现虚伪的时机!

我们到底需要多少钱

钱不在多,足够则行;钱不在多,有花则行。在我们感到挣钱很困难的时候,我们应该这样想:钱那么多又有什么用呢? 到老了还不是一样不能带走，我们都是赤裸裸地来到这个世界，然后又赤裸裸地离开这个世界的孩子，只要钱够用就行了，钱多了有时候反而是一种灾难。

其实，现实生活中很多人都处于缺钱状态，表现之一就是什么都要按揭，什么都要分期付款。买房子是先交定金，然后分十几二十年再交完；买车也是先交定金，然后再分几年付完；有时候就连买手机也是分期付款的。这些现象不禁让我有一种反思：是不是人们都不够钱用？商家想到了这一点，就策划了一种付款方式叫作"花未来的钱，圆今天的梦"，但其背后隐藏的深刻哲理，我想还是人们现在的钱不够用。

我们是否问过自己：我们到底需要多少钱？人的欲望都是无底洞，能够自觉地控制自己欲望的人都是一朵朵奇葩，欲望多了，欲望无法控制了，那我们需要的钱便会变得无数多。其实，我们可以设想，我们从一出生，然后就要吸收营养物质，身体长到一定阶段的时候，就需要教育，然后有结婚生子的需求，又有购车买房的需求，身上穿的、嘴上吃的、手上戴的那些都包括在内，再加上最后离开这个世界的葬礼，我们所需要的钱其实也是有限的，不过就是那么几千万封顶。

可是，很多人都陷入了攀比的误区，别人有的，自己不一定需要的，自己就一定要花钱去拥有，那才能显示出自己的尊贵，我想这也是造成我们花钱无止境的一大重要原因。"度"的控制问题，其实不是简单的说控制就能控制得了的，只有从内心深处、思想深处去改变自己的陈旧观念，树立新的属于自己的策略，那才是解决钱的控制问题的根本手段。

其实我们通常所说的奢侈品，那都是不必要的消费，或者说那是某些有意者在没有办法获得或者没有意愿去获得精神上的优越感时，所做出的无奈的抉择。我认为奢侈品并不能代表一个人的身份地位，真正决定一个人的灵魂高度的，是一个人的内心的修炼和思想的锤炼到底有多让人敬畏。所以，金钱的数量不需要多，因为精神营养是物美价廉的，我们只需要付出最少的金钱，就可以把它们转化为最强大的精神动力。

思想的子弹

真的，我们把金钱的重要性看得太重了，或许是因为这个年代金钱决定一切的观念已经深入人心。那些拿钱来买官，拿钱来控制权力，拿钱来制造大乱的行为，我想都是对金钱不尊重的体现，金钱本无错，有错的只是我们自身的落后的观念，没有与时俱进的对于金钱的认识。

其实金钱的功能已经被人类有意无意地放大了，金钱最初是用来进行交易的，它的背后原来并没有藏着巨大的威力。只有聪明的人类才会把很多特殊的功能赋予金钱，这是造成金钱在人们内心深处的需求不断膨胀的重要促成因素。

要花钱，就要努力去让钱花得值得，如果我们只是拿钱来玩，那还不如烧点纸钱冥币来孝敬祖宗十八代呢，金钱不是用来挥霍的，金钱是来让这个社会的物品处于流通状态的一种神奇的符号。有意篡改金钱的功能的人，最终都会因为自己行为的不检点而遭受报应，不是不报，有时候坏事不断积累，最后的报应会让一个人付出无法承受的代价。

如果真的缺少金钱，花一些未来的金钱，并且花到有用之处，那是值得的，因为未来本来就不可预测，我们做好了现在的决定，把握了现在可以把握的幸福，我们就可以享受我们原本就可以毫无拘束地享受的幸福，那就是另外一种心境。

每种职业的收入都不一样，每个人的收入有高低的区分。当官的，除了工资，也许还会有贿赂；扫地的，除了工资，似乎已经只剩下捡废品的额外收入了；做手术的，除了工资，也许还可以收一些红包。我们很难预料每种行业是否会在未来某一刻会增加新的收入来源，但是我们可以肯定的是我们需要的钱并不多，如果在城市里生活不下去，那就选择乡下，选择隐居，选择过原始的没有多少权欲操控的生活，那也是无奈之下最理智的选择。

至于钱的多少最合适，其实每个人都应该对自己有进一步的了解，只有懂得自己到底需要什么，这辈子究竟要做哪些事情，需要有哪些工作步骤，列好清单，在脑海里有非常清晰的思考与规划，我想我们很快就可以知道自己大概需要多少钱了。知道之后，我们就可以调整现在的奋斗策略，做出最新的适合自己的策略，不要为钱所困，但是尽量跟钱保持一定的距离，不近又不远最合适，这样就可以过一个轻松的人生了。

另外，记得少生病，偶尔小感冒没问题，但不要让身体长期处于高负荷的工作状态，因为那样只是直接把自己送往病床，做好卫生防范工作，我们就可以避免花大笔的医疗费用了。还有，能不赊账、能不借钱，能不欠债是最好不过的了，把握好自己现有的资源，珍惜好自己拥有的美好，那幸福生活自然会撞击我们的心门，深情地将我们拥抱、亲吻。

思想的子弹

我们是怎样看一个人的

每个人都有自己看一个人的方法，从这些方法中，就可以反映出一个人对于人的认识更侧重于哪个方面，同时也可以折射出一个人的灵魂到底有多高尚。

但说实话，要一个人第一次见面就可以把对方看透，那简直就是开天大的玩笑。每个人看其他人，当然首先是看一个人的外表和打扮，因为外表和打扮是最先进入一个人的视野的。如果我们要求一个人能够立马透过外表和打扮看到一个人的内质，那就是太高的特殊要求了，我想没有谁可以这么厉害。况且每个人每个时刻的外表和打扮都可能不一样，那真正给一个人留下印象的往往是第一印象，亦即一个人的外现气质。

外现是第一个被我们看到的，但我想很多人都会把外现作为是否继续交往的一个标准，每个人都可以凭借自己的感觉去做出选择。如果是继续交往，有些人首先考虑的是对方的品质和内涵，这一类人更注重人的修养，也以素质作为看人的一个衡量标准；有些人首先考虑的是对方的身份、地位、角色、背景和后台，这一类人我想都是有急功近利之心的，但他们就是这样看别人并且看到适合自己交往的人的。

我想看人不是一天两天，更不是几小时甚至是几分钟的事情，更不是看相先生十几秒钟就能解决问题的，看一个人分为短期的看，它的时间需要很多天，也包括一个长期的看，因为日久见人心，看一个人是否能够经受得住时间的考验，人的原形会随着时间的推移而显现。

可我对于我们等待的人在不久的将来就会出现这个假设深信不疑，因为这个世界总有和我们有着共同理想的人，肯定有和我们能够成为知己的人，当然也有和我们能够结合并结出丰硕果实的人，而这些局面的达到，就需要我们有看人的功夫，如果功夫学得不到家，这些人是迟迟不会到来的，或者说看错了人，我们就会后悔很长一段时间的。

但我已经细心地分析过了，很多家族或者说大部分家族，他们看人大多要建立在和自己有起码的同样的基础或者阶级，一般的人都不太愿意与比自己低很多级别的人深交，甚至连搭理都不愿意，这就会导致一个结果：看人的过程被终结了，看的对象发生转移了，看的结果也就跟着变化了。

另外，大多数人都不是先注重一个人的内涵、修养和素质的，而是先看性格是否适合自己，紧随其后的是以自我为中心，比较双方的家庭背景和人脉关系，最后才是一个人的内在涵养，我想这是普遍大众的思维定式,是很难改变的。

其实看一个人一般都是以自己作为对方的比较对象,自己是看一个人时的参照物,如果感觉和自己很具有亲和力,那这类人往往容易和自己有深交的可能,那些与自己有着疏远倾向的人,往往就难以跟自己有密切的关系,而这些结果的造成,其实就是一个人到底如何看另外一个人,以及反过来的另一个人如何看一个人,是戴着什么颜色的眼镜和怀着怎样的一种心态。

环境是一把雕刻人才的利刃

思想的子弹

我相信很多人都会支持这个观点:有一个会弹钢琴的钢琴师爸爸总比一个什么特长都没有的爸爸好。

是的,爸爸属于家庭的一分子,是我们生活环境的组成要素之一,爸爸的素质和能力高,我们生活的环境就比别人优越,这确实是我们成长的一个高起点。

一个孩子刚出生便像一张白纸,他所生活的环境所产生的言语和行动刺激他,他便会在这张白纸上书写他自己感知世界、认识世界和理解世界的内容。从这个比喻里我们可以得出一个结论:在智商正常的情况下,环境是决定幼儿成长初始阶段能否接受良好教育的一个头等重要的因素。

新东方董事长俞敏洪先生在江苏江阴长大，他很开心能和历史上的地理学家徐霞客做成邻居，俞敏洪从小开始便开始意识到自己活在一片圣土上，他的成长环境有着这位优秀邻居的精神支持，使得他能无限地挖掘潜力，然后认出地图上所有的城市名称。他坚信只要经过不懈的努力，有朝一日他是会出人头地的。俞敏洪的那种想要从邻居身上学到许多知识甚至超过徐霞客的渴望，被他称为"穿越地平线的渴望"。他经历过三次高考，最后考上了北大，毕业后做了大学英语教师，因不满足于现状，然后干起了新东方，干到现在出了大名堂，他算是一个中国的成功典范了。俞敏洪的事例让我们不得不感叹：有一个好邻居给自己提供肥沃的成长环境，这是我们成才的一个极其必要的因素。

湖北黄冈中学被称为培养清华北大生源的摇篮，黄冈中学的学生都知道只要自己进入这所神奇的高中，就有机会锁定这两所人人都梦寐以求的高等学府了。究其原因，黄冈中学年年都有人考入清华和北大，上一代人留下的"高考精神"永远地像不灭的火激励着下一代人，燃烧着他们追求卓越的梦想之火，这就让好的学校变得更好，差的学校如果没有找到追赶的正确方法，只会让原本的差变得比以前更差。这里的黄冈中学便是一个让人无可挑剔的良好的学习环境，我承认个人的努力当然是占主动性的，但有一个神奇的环境，我想从一个人一出生就开始熏陶这个人，我想这对于一个先天就是才子的料是如虎添翼，想不成功比上天都难。

如果一个家庭没有人有阅读的好习惯，那我相信这个家庭的下一代也是比较难摆脱"内涵太浅薄"的套子的。人会以种种外现的言语和行动影响别人，但对于一个从零开始成长的孩子而言，孩子更喜欢先依赖别人，接受别人的各种影响，然后做出自己的各种言语和行动。这是从孩子的成长是由模仿大人开始的角度推断出来的结论，一个好爸爸确实能够有更大的机会培育出一个好孩子。

虽然一个什么特长都不具备的成长环境可以作为一个反面教材，但对于一个世界观、人生观、价值观还没有形成的孩子而言，要让他"择其善者而从之，其不善者而改之"未免有点过分了吧！

除了智商不正常的人，其实人人都是人才的料。你的情商因为从小开始接受的熏陶而逐渐形成，你的能力因为从小开始接受影响而逐步形成，你的思维体系因为从小开始接受教育而渐渐形成，你完成成长任务之后的一切，因为你从小得到的一切而有序地驾驭你的肉体和灵魂。

那些在浪费雕刻良机的后天练成的人才，只是些不把错过当过错，然后苦练心志的一类人而已。毋庸置疑，环境就是一把雕刻人才的锋刀，从小就开始决定一个人的人生轨迹，除此之外，很难找出比这个更具有高营养价值的成长辅料了。

思想的子弹

第二辑

成长痛感

不要简单地重复

　　即使是悲伤，也不要简单地重复，每一次悲伤也要有新的面孔，这次悲伤得出一个让自己感动得掉泪的结论，下次悲伤让自己看到世界末日并非属实的结论。

　　如果只是简单地重复我们每一天的生活，我们就会沦为被时间利用的机器，我们依靠惯性而非依靠智慧和理性，每天都一个样地付出、流血流汗和索取，这会让我们忘了我们还是生物，并且是生物链中最高级别的生灵。

　　如果你觉得每天都会照样升起的太阳，是在不断地简单地重复，那你便忽略了世界"每天都是新的"这个哲学观点。其实时空并不可以被重复，时空是每天都会更新的人类存在的场所，它有一套自动更新系统，不会因为你的阻拦而停止开始新的旅程。你看春夏秋冬四季更替，太阳光的照射角一直在变化，地球在不停地自转和公转，这样人类也必须跟着大自然一起更新。如果你还是一直在简单地重复每天的生活，那你就跟不上世界更新的速度了，日复一日，接着你就要远远落后于世界了。

　　其实，每一次写作，脑子里都需要有不断更新的材料，才能支撑写下

思想的子弹

032

去的勇气。如果每次都按照固定模式和固定情节去写，那些作者注定要成为写作的机器，其实写作是因为有感而发，有事而记，但不是每种感受和每件事都相似点可言，这些局限明显地要求写作者必须不断地积累生活见闻，不停地沉淀生活感悟，写作者才能最终成为杰出的作家。

重复不是要你原原本本地把别人的话再说一遍，重复不是要你一成不变地把一个故事再讲一遍，重复不是要你照搬以前的套路再努力一次，重复是要让你在你所做的领域里有一次次不一样的磨炼，让你体验各种各样的考验，以及逼你或者驱动你去寻找规律和利用规律，最终达到熟能生巧的境界。

接触不一样的人，面对不一样的事，拥有不一样的经历，才能成就一个聪明的通过"重复"而做出名堂的强人。简单地重复没有太多挑战性，本身就不具有打破人的极点的功能。我们可以很肯定地说，真正能笑到最后的人，他就是不断折磨自己，从而获得最大限度的成长，痛并快乐着的典型代表。

成长，就必须承受许多疼痛

如果一个人在生活中只懂得享受物质，而不懂得用一分耕耘换取一分收获，那这个人最终是无法得到健全的成长的，他的成长只是单纯的物质的堆积。

要获得心灵和身体的健全成长,就要辛勤地在自己的人生田地上耕耘。耕耘意味着流汗和承受劳累与疼痛,而选择不耕耘便选择逃避成长的责任,便是一种拒绝疼痛、拒绝成长的不理性。停止体验并承受住奋斗过程中的种种疼痛,便等于阻碍自己的成长与放弃不断完善,而生命中有许多疼痛是必须承受的。

虫蛹要变成美丽的蝴蝶,就要经历蜕变的艰苦过程。而这个过程要求虫蛹自己独自承受蜕变时的巨大疼痛,不能够接受外界的任何帮助,并且要自己让伤口愈合,这个过程是一个天大的考验。但虫蛹有着成长的热切的渴望,无数的虫蛹神奇地克服了天大的挑战,最终还是长成美丽的蝴蝶了。

如果现在不多承受一点疼痛,恐怕以后就很少机会给自己去换取多一点的成长了。我们都知道青春易逝,而青春是人生最好的播种的季节,你在自己身上到底播下了多少疼痛却有机会换取快乐与成长的种子呢?

人的后半辈子所享受的荣华富贵,大多是一个人前半辈子努力奋斗的回报。人的后半辈子少承受一些疼痛,一个人就必须在年轻时节里多承受一些疼痛。可是能够做到痛并快乐地学习、生活和建立自己的精神宝库的年轻人还是少之又少的,这足以说明生命中有些疼痛是天大到很多人是承受不了的,或者是在身体上存在缺陷,或许是在心理上感到恐惧,但总有能够承受并最终得到巨大的成长的人存在,而这些人就在我们这些年轻人当中诞生。

长跑考验一个人的耐力和体能,如果因为惧怕忍受跑步时的辛苦和体能的过度消耗,那你就是在逃避把身体锻炼好的责任。如果是运动员,你选择退出,你就在躲避自己必须接受的疼痛。要成为一个全面而优秀的人,你就必须在每个方面的长跑里都保持不怕失败和挑战的激情和斗志。人生本来就像一场残酷的战争，随时都有可能被炮弹击中，随时都有可能死在战场上，但你不能因为畏惧疼痛就可以离开战场了，离开战场就意味着你选择投降，你的人生阵地已经被别人占领了。

小壁虎尾巴断了，但可以忍受剧烈的疼痛，然后依靠潜力再生出一条全新的尾巴。动物都能做到"藐视"疼痛地重视成长，成长意味着变得越来越强、越来越完善，人类为什么就不能和动物一样用坚强的意志力去承受蜕变时的疼痛，从而换取一个又一个的成长呢？

一个人活得充不充实，最好的衡量标准，我认为应该是一个人今天到底疼痛了没有，到底疼痛了多久，以及究竟能否勇敢地接受了疼痛并换取身体和心灵的成长。

挫折要自己埋单

受伤了，别人可以为你把伤口包好，但是能否愈合，是你自己的事，别人怎么都管不了。挫折也是这样，受到挫折的心灵和身体，如果不自己坚强，谁替你勇敢？

我失恋过几次，其实我早就预料到自己会失恋的，于是只是利用机会体验一下失恋的感觉，我并没有真正堕入情网，所以失恋如果也算是一个小挫折的话，那么我已经埋了几次单了，并且心里是没有任何怨言的。在我身边也不乏因为失恋而一度精神不振、食欲不振的同学，其实他们也是在为自己的挫折埋单，只是代价要远比我的大罢了，表现在时间更长、强度更高上。

就像失恋一样，你失去了现在的她或他，是为了更好地寻找或者遇见下一个她或他，学习也是这样，这次的失败，是为了下一次不失败做的铺垫，暂且当作胜利前的试验吧。世界上不用经过苦苦寻找规律、用心等待展现自己机会的事情是不存在的，就像天上绝对不会平白无故掉馅饼，要取得失败之后的成功，那还得继续承受尚未成功的苦痛，自己为挫折埋单。

路面因为下过雨不久而变得湿滑，放风筝的孩子不小心摔倒了，风筝挣开线索被风吹远了，我只看见母亲微微一笑，并没有太担心孩子，我想也许她是想让孩子自己站起来。果真，孩子并没有大哭大闹，只是双手按地，然后站立起来，拍拍双腿的污泥，然后小心地追着远去的风筝。是的，孩子是母亲的心肝宝贝，但是母亲不可能替孩子承受成长旅途中的挫折，她只能见证孩子自己为挫折埋单，然后一步一步成长起来。

我认识一个女孩，学习成绩经常是班级里的第一名，却被母亲逼着去学她并不喜欢的钢琴，母亲告诫她无论如何都要把琴练好，并且要求钢琴要和学习一样好，但她真正喜爱的不是钢琴，而是写作，她认为写作是她人生中不可或缺的一大板块。高三那年，她还练着钢琴，说是母亲硬逼她参加省里面的一个钢琴比赛，她不太愿意，就在母女俩争持不下的时候，母亲翻出了女儿书柜里写得满满的一大沓笔记本，然后狠心地烧掉了，并呵斥女儿以后再也不许写作，她还说写作根本不能养活一个女人。女孩撕心裂肺地向我哭诉，我边听边哭泣，泪水湿透了同样也热爱写作的我的胸口，我能理解女孩内心此时的窒息感，那种梦想被扼杀之后的惨烈的绝望。

女孩的挫折是母亲给的，也许是天意注定让她遇到这样不开明的母

思想的子弹

亲，竟然如此残忍地将一个美好的梦想就这样无情地抹杀，真让人难以想象。但后来临近高考时，女孩告诉我她在钢琴比赛中取得了第三名，她还告诉我只要她一边把琴练好，一边偷偷地写作，偷偷地用笔名发表文字，她母亲就不会为难她了。我内心总算可以松一口气，感到些许欣慰，同时又不禁想到这个世界为我们而安排的挫折，数量无法数清，来源也无法确认，应该出现的都会出现，但是在你无法逃避时，就顺应着时机扼住它的咽喉，一步一步掐住它，将压在身上的重力顶回去，绝对没错，一个人的力量也可以是无穷的，只要你愿意坚持与挫折做斗争，无论正面抵抗还是暗地里决斗，只要你愿意自己埋单，你迟早都会在这个过程中长大许多。

对于车祸，我也有自己独特的经历，在我读五年级的一个下午，父亲急着驾驶摩托车送我去学校，不料车速过快，到了分岔路口时，竟然有一辆黑色轿车突然进入正车道，两辆车一大一小就这样相撞，一声巨响。我依然清晰地记得当时我从摩托车后座飞出了五六米的距离，后来警察来了，为了赶上课堂，我也只能瘸着腿慢慢地挪到离事故地点不远的学校。后来父亲告诉我主要错误归于黑色小轿车突然闯道，我也松了口气，不禁又想起女孩的故事，这个世界原本就算好要给我们安排哪一些挫折，它们虽无形但都等待着我们去经受，能否经受得住那还是要看你是否愿意为挫折埋单，我告诉父亲我的脚没事，上帝已经很照顾我了，没把大脑摔破已经是极度幸运了，于是我强忍着疼痛自己搽药酒，一颗曾经脆弱的内心从那时开始变得越来越坚强。

其实每天的生活都是充满变数的，不论你如何准备、如何预测、如何防范，你改变不了自然发展的规律。那种不能控制的自然秩序，你只能去顺应它，然后在这个基础上，保持一分镇定，一分坚强，少些悲叹，少些哀伤，对于挫折要有愈挫愈勇的精神，大度地为自己经受过的挫折埋单，这样我们会少了许多抱怨，多了几分安心与坚韧。

淡淡的计较与在乎最美

太浓烈的计较与在乎，只会伤身又伤神，然后又伤心，只要事情出现一点与自己意料不一样的情况，我们的敏感神经就要被刺激几十次几百次，计较的程度太大，只会让自己陷入黑色的悲哀。

如果不计较也不在乎，任其发展，事情和自然界都会变得更乱。起码在自己的世界里，如果自己没有什么想法，更没有什么合适的行动去让事情按照自己的意思去发展，没有恰当的计划让自然界变得更人性化，那我们的内心照样是像白开水一样，非常乏味。

既然太过计较和在乎与一点都不计较和在乎都不能满足我们的欲望，那我们也只好转换角度，去开发新的模式，以让我们的心不那么累，生活不再那么无味。

计较与在乎说的是在内心多少有点在意，对于自己的未来多少有点期待，对自己的下一秒或者整个人生多少有点目标，并且在出现不如意之时，我们要有反思和悔恨的表现，要把内心的负罪感变成不断提升自己每天生活质量的动力，同时也要有在取得成绩之后的短暂喜悦与更长期的平静与淡定。

毫无疑问，凡事有个度，既不要多，也不需要少，合适就好。计较与

思想的子弹

在乎也是一样，淡淡的颜色，才不会刺眼，并且可以体现朴素的特点，朴素就意味着可以长期被人欣赏与接受，有经久不息的寓意。

"淡淡的计较与在乎"，其实是对"不以物喜，不以己悲"的发展与升华，是更符合现代生活节奏与规律的心境调整原则。它既可以让人保持新鲜的活力，又可以让人拥有具备些许欲望的战斗力，有一只手可以在背后推动个体去追逐自己想要得到的东西。如果失败了，那就失落一会儿，然后转变心境，重新看到希望和寻找努力的方式，活力重新被刷亮，充满正能量。

不计较也不在乎是完全不科学的，那只有神才能做到，或许神也做不到。任何人都有恻隐之心，任何人都会向一些"诱惑"或者"威胁"投降。所以最合适的原则就是"淡淡的计较与在乎最美"，它好比"君子之交淡如水"，好比"淡淡的忧愁是最美的心情"，好比"淡淡的爱情才能持久"，可以成为凋谢之后又很快会开放的更新的绿叶与花朵。

多想你是我的陌生人

人在江湖漂得久了，我得到一个结论：多想你是我的陌生人，陌生人该多好，可以理会，也可以不理会，可以没有恩情，也可以没有怨恨，可以在同一谈判桌上说话，也可以毫无顾忌地不去担心对他们是否照顾不周。

熟悉的人多起来，很多条件就难以提出，在这个国度里，其实面子问题还是挺难解决的。不过现在熟人多了，人际关系确实畅通多了，但是它带来的困难也很多，有许多可以跟陌生人说的话，现在都不能说了，这是一种局限或者尴尬。

多想你是我的陌生人，那样就可以在买东西的时候肆无忌惮地跟你讨价还价，就可以不用害怕扯不下面子，我就可以随心所欲地按照自己的意愿去购买自己想要的物品，那该多好。

多想你是我的陌生人，那样做什么事就可以不破坏原来的友谊，就可以不用担心被熟人欺骗，上熟人的当，中了熟人的圈套，就可以不影响自己关系链的稳固性，就可以把自己的底牌留在手上作为保障，那该有多好。

多想你是我的陌生人，那样我就不怕得罪你了，那样我就可以告诫自己不用再扮演熟人的角色去打交道了，无论做什么事情都可以回到同一谈判桌上，那样我们之间没有任何正面利益的牵涉，那该多好。

多想你是我的陌生人，因为很多时候挨刀，是熟人给的，很多熟人有着狡猾的心计，我希望你可以对我防范，而我对你也有防范，我们之间不需要有太多的情感交流，我们有的只是语言的交流，或者是暂时需要对方提供的服务而已，那该多好。

陌生人其实是一个不需要关注太久的角色，陌生人办事可以不牵涉自己的家庭，可以不牵涉自己的背后角色，陌生人办事至多牵涉金钱，陌生人之前我们的人格可以因为自己的保护而有尊严，不用再担心在熟人面前什么都被看得清清楚楚。

有些人，上一刻是陌生人，下一刻却是熟悉的人；有些人，上一刻是熟悉的人，下一刻却是陌生人。陌生与熟悉的转换，其实把握权都握在我们自己的手上，可我更愿意跟大部分人都保持陌生的关系，是因为我

思想的子弹

想对我的熟悉的人真的专注，我不需要滥交，但我可以泛交。少部分人是我真正的熟人，其余的都是陌生人，我就可以活得潇洒一点、活脱一点了。

凡事要留有余地

要学会做人，就要学会给别人留余地，也要学会给自己留余地。余地就是容许自己和别人有离开的选择，余地就是容许自己和别人有新的计划的自由，余地就是容许自己和别人后悔与改正的权利。

有好的东西，不要一个人独吞，好的东西要分开来使用，因为独吞的东西终究会因为自己的死去而被世人所拥有。就像不能把所有金钱都收入囊中，因为你的死去就会让金钱归属于别人，为何不在死前就把钱分给大家，做一个有德有名望的人呢？

给别人留下余地，其实就是一种礼貌的表现。人不能用刀逼着别人去做别人并不愿意做的事情，要真的有能耐，那就应该以理服人、以情动人地留下一个余地让别人接受自己，然后趁机让别人按照自己的思路去做事情。

其实留余地给别人，也是在给自己留余地。如果别人因为无路可走，性情暴躁无法理性对待问题，就有可能将我们作为敌人，然后不择手段地对我们进行攻击,使用武力和暴力让我们遭受可能惨重的损失。

留下余地也是一种美德。即使是最可恶的杀人犯,也没有太大的必要处死,凡事都有原因,我们应该透过现象看本质,既然有不和谐的现象,那就需要把不和谐的现象作为教育材料独立出来,那才是真的理性。就像那些监狱里的罪犯,我们完全可以把他们作为最真实的罪犯演员,在一个封闭的环境进行戏剧拍摄,或者更好的选择是拍忏悔录,我觉得好好利用每一个角色自身最独特的价值,那才是聪明的人类应该花多点心思去思考的。

像恋爱一样,如果真的感觉无法继续,那也不必把事情说得太白,太白的分手可能会是一种对对方的攻击,可能让某一方感觉天塌地陷,一时半会儿根本无法接受,那这样就可能有非常危险或者非常惊人的事情要发生了。不给别人留下余地,其实就是让别人无路可走,让别人感觉不到一点自尊,那是一种愚蠢的举动。

的确,我知道斩草要除根才有效,但是如果草都被斩完了,那草原还剩下什么? 荒漠抑或海滩? 草都斩完了,那其他草食动物该拿什么填饱肚子? 人的毛发还是泥土? 草的存在,其实还可以跟其他植物一起竞争,让植物的生命力更强盛。一刀下去斩断所有的后患,其实才是最大的后患,食物链被破坏,良性的竞争被破坏,人的道德被错位,那只会让这个社会处于一个下坡阶段。

我们要进化,就必须学会留余地,不管是个人情感还是其他什么问题,不要因为一时的冲动不给别人或者自己留余地,因为那是一种绝对会让人后悔的做法。

面对无理的争论，我选择沉默

　　每个人都有自己的价值取向和判断一个事物好与坏或者对与错的能力。有些事情是一些人比较在乎的，容易因为个体的差异而导致无理的争论，这其实是一种正常的现象。只有不够理智的人，才会参加无理的争论，而我只想做一个沉默者。

　　沉默是对别人无理地对自己的谩骂和攻击的最好抗议。因为我们根本就没有理会这些本来就是犯了原则性错误的话题，别人越是在乎，那只能表明他们并没有意识到这个话题继续下去是没有结果的，他们一旦争吵，然后他们又会把争吵拿来影响他们的心情，这多么的值得同情。但是这样的同情我不会给，因为我只想选择沉默，沉默是对他们最好的反击，也是最好的教育与引导，除此之外，是为了维护我的个人形象，并且希望这样的争论不要再继续下去。

　　人们总会忘了时间，人们一旦陷入无理的争论，人们就会把自己的美好光阴浪费在没有任何收获的思想的胡乱碰撞上，他们是一个执着于为无理的争论牺牲个人利益的群体。可我不属于这样的一个群体，我是从这个群体里独立出来的思想孤独者，同时我知道我可以忘记时间，但我不能忘记把时间挥霍在这些无理的争论，万万不是我内心真实的意志。

要是我参与了无理的争论,它首先肯定要剥夺我的美好心情,对那些不讲道理的人所说的话,我的听觉器官和视觉器官就要受许多罪,我的内心可能要承受许许多多的玻璃碎片的划伤和石头的打击。我不是一个很愿意让心情变得糟糕的人,我只想做一个心情平静的求学者,面对无理取闹者,我只会保持沉默,让自己的内心变得坚定与强悍。

我十分希望自己能够珍惜自己生命里的每一分钟,我不想让自己因为要把心思放在讨论一些没有价值的问题上而变得内心充满无法解开的矛盾,我需要的是自己内心的解放与安宁。那些不看清楚事情真相的人所说出来的无理的话,终究是站不住脚的多余的废物,作为一个对于时间和精力都很重视的人,我们应该学会果断地选择沉默,没有理由,只有自我要求。

也许我真的可以从无理的争论里面悟出真理,但是这不是最好的途径,我知道自己有更好的途径可以让自己发现生活中更多的美好与感动。至于无理的争论,我看就不适合我,起码我不会这么愚蠢地去介入,介入便意味着我要更改我的本性,这是对自己不忠诚的有力表现,我是不会因为外界的任何唆使而变得失去理智的一种另类,我只想保持一种无法被打破的沉默。

选择沉默,并不是不关心这个我们必须要关心的社会,而是一种冷静,是一种不急不躁的态度,是一种保持内心定力不被动摇的秉性。无论世界到底如何颠倒,我的原则只有一个:面对无理的争论,我选择沉默,只为了大家都好,尽早结束这些无聊的游戏。

思想的子弹

年轻不是资本，年轻的心才是资本

　　年轻是对于一个人年龄还小的形容，年轻的人充满希望，因为年轻人有很多时间可以努力，可以用来学习和提高自己，经历和体验以前从来没有遇见过的事情。

　　但年轻绝对不是一个人的资本，起码它不是一个人堕落的资本，不是一个人偷懒的资本，不是一个人逃避困难的资本，不是一个人可以拿来交换金钱的资本。年轻的人的确还有很多时间可以用来提升自己，但是这些时间还是一些未被使用的资源，它究竟怎样被利用还只是一个谜团，而解谜的人便是拥有年轻的年轻人。

　　年轻的时光可以被挥霍，年轻的时光可以被充实利用，不同的年轻人的年轻时光的用法是不一样的，而他们的结果也是不一样的。

　　挥霍年轻的人虽然年轻，但是他们没有一颗年轻的心，只懂得从年轻的岁月里享受更多不应该享受太多的乐趣，只懂得逃避正事而去做一些与成长并不相关的事情，只懂得不好好把握时间抓紧学习和提高自己的素质。这样的年轻人最终是一定会因为自己对年轻时光的不珍惜而感到万分后悔的，因为他们的年轻原本可以作为攀登人生巅峰的资本，但是他们却没有好好利用，掉入的绝对是一种精神深渊。

充分利用年轻时光的人,不是因为他们有聪明的大脑,而很可能因为他们身体残疾或者内心遭受过生活的压抑与艰难险阻,抑或身心曾经被伤害,但却不放弃寻找各种方法弥补自己的不足,在现有条件下充分利用自己可以利用的资源抓紧学习,珍惜时间做好面对人生各种挑战的准备。

这类人真的做到了把年轻作为自己可以利用的资源,有一颗年轻的心,把希望化成进步的渴望,把挫折当成进取的垫脚石,把伤害当成成熟的必需品,于是他们可以自豪地说:"年轻的时光太短,年轻可以再来一次该多好。拥有一颗推动自己不断向前的不辜负自己的年轻的心,是一个多么美好和幸福的拥有。"

在现实当中,很多人认为自己还年轻,于是每天都熬夜地做一些无意义的事,比如说,玩网络游戏,看没有什么营养价值的网络小说,看一些没有什么教育作用的韩剧和偶像剧,并且因为不专心学习和工作而影响到自己的心灵的健康,我想这是一个人自己的责任。一个人自己无知地认为自己还年轻,就对自己将会面临的各种危险和困惑失去了警惕之心,这是多么可怕的一种年轻的存在状态啊。

我承认年轻确实有很多时间可以用来放松,但是年轻就像是春天,如果一个人不好好地像花朵一样不断地在最适宜的季节里绽放自己的美好,只是在自己给自己挖的坟墓里春眠的话,我想这样的年轻人是不会有什么大作为的。这样一看,年轻真的不是什么资本,因为它不是可以百分之百能够被利用好的一段光阴,反而可以作为毒药把一个迷失自我的人毒死,以致整个人生都因为年轻的无知和冲动而遭到毁灭。

我们真正的资本应该是年轻的心,年轻人和老年人都可以有一颗年轻的心,它是一种阳光的态度,它是一种积极的力量,它是充满希望的象征,它理所当然应该属于所有对它认真追求的人。年轻的心可以让人勇敢地面对各种困难和苦楚,可以让人忘记所有疼痛抓紧学习,可以让人

思想的子弹

与世隔离、面壁思过地进行自我思想修炼与素养锤炼，年轻的心具有一股巨大的能量可以爆发。

也许应该这样表述年轻和年轻的心的关系：年轻只是一种间接资源，它可以化为资本，也可以化为毒药，如果有一颗年轻的心，那年轻就可以化为一笔巨大的资本，如果有一颗麻木和腐朽的内心，那年轻真的就只是一种毒药。

但必须指出的是，不仅仅是年轻人才有机会拥有一颗年轻的心，所有人都有权利去拥有它。究竟要如何去拥有，那就要问每个人到底是怎么想的，每个人的人生观、世界观和价值观到底如何？

试问我们是否在不该腐朽的时光里曾经或者正在腐朽？一颗心如果不去好好擦拭和关怀，不去让它绽放智慧的光芒，那这颗心真的就可能没落下去了。腐朽地过和年轻地过，其实都是过，但相比之下，年轻地过的质量当然更高，年轻地过的幸福感肯定更强烈。

同样是过，为什么不选择年轻地过呢？年轻的心其实就是你内心是否保持年轻的感觉，是否有清新感和使命感，是否可以继续不因为现实的残酷而抹杀自己的理想。其实要做到这一点，关键还是要看自己愿不愿意把年轻的心当作一笔可以在平凡中创造非凡的资源。

千万别堕落，你根本就没有资格

　　经常迷茫的你，经常颓废的你，经常缺少目标无所事事的你，是时候要大力地警告自己，别再害自己，别再拿命运的小把戏玩弄自己，堕落的玩笑你开不起，因为你根本就没有资格。

　　对于生来就不是豪门，不带有王子或者公主的命脉的你，你就没有时间和金钱去得王子公主贵夫人才能得的病。那些幸运者有时间、有钱财去挥霍青春、去仰望星空、去忧郁彷徨徘徊困惑，而你没有幸运者先天的优势，你必须依靠自己的奋斗去创造、去用实践证明你不会输给并不可怕的达官贵人的后代。你一出生便要背负起家庭、生活和未来的重担！

　　若把时间和精力浪费在埋怨、感慨、烦躁和牢骚上，你就犯了底层孩子的大忌，世界上没有人对不起你，走到现在的你，完全是作为精子或卵子的当初的你别无选择的一个暂时驿站。若把自己看得像故事片和电视剧里的男女主角一样，你就犯了少做白日梦的忌讳，你的容貌和身体没有人家漂亮，你的才华和情商没有人家优秀，在时间和空间坐标里的你，只有踏踏实实地去用双手、双耳、双眼、双腿、单嘴、单鼻、双脑去创造自己胜过别人的优势，才能让自己真正瞧得起自己。

对于一个默默无闻、先天条件不好的你，你唯一能够给自己的优势就是能力，但是现在的你如果只会堕落和颓废，人家开车你走路，人家看书读报你看电视上网闲聊，人家走出家门看世界你蜗居在家里打牌玩游戏，这样你便连最后一个机会都丧失，你就成为一无是处、无人搭理、落寞悲惨的废物，你还想拿什么去追赶走在你前面的千军万马？

　　不管你现在是笼罩在失望阴影下的大学生，还是到处为难、工作极不顺心的工作者，抑或尚未成年的考试的机器，你都有责任尽早找到自己的信心，然后规划和努力行动。否则，你就等着认命吧，一辈子时间并不长，后半段的幸福是建立在前半段的辛勤劳作和积极耕耘的基础之上的，如果你现在依然浑浑噩噩，无所作为地得过且过，你就不要怪罪别人唾弃你、鄙视你、欺负你、瞧都不瞧你，你就别怪罪命运之神的利器扼住你的咽喉，因为你活该，完完全全的不做任何抵抗的自认倒霉。

　　给自己一股动力吧，从今天起做一个会写诗的人，从今天起做一个专心于生活的有心人，从今天起做一个能把学问做好的学者，从今天起开始努力追逐梦想。如果你还在担心未来会摇摇欲坠，如果你还在怀疑自己能力不行，那么你就做别人脚底的泥巴吧，被别人踩过任意践踏，而你永远也无法为自己出一口气。一个天上一个地下的差别，这样的距离的形成你也有一份功劳。

　　但谁都不愿落后，谁都希望自己的一句话波及的范围大，谁都希望自己的声音可以改变世界甚至能呼风唤雨，但能坚持到最后的成功者，必定是一个能力至上的可持续学习者。你擦亮自己那模糊的眼睛，看清楚你失败的原因究竟是因为没有伯乐还是你自己根本没有用心地学习、没有努力、没有能力！

　　如果你真的爱着自己，那我告诉你爱自己的最好方式就是努力奋斗，让自己优秀起来，以今日之我胜昨日之我。如果你还在颓废，那你就别像疯狗一样乱叫说自己没有知己、找不到真爱，因为你连自己都没有办法爱，还试图和妄想别人来爱你吗？别再装傻了，你问自己，你到底有什么值得让人去爱，你一个不懂珍惜自己、为自己争口气的不合格产品配吗？

　　财富和成功不是一两天就能汇聚起来的，漫漫人生是一个漫长的不断奋斗、不断创造的过程，往往一个人在乎的不是直接的金钱，而是一颗奋斗的心以及它所处的地位和层次啊！还在美好季节里冬眠的人，醒悟吧！千万别堕落，因为你根本就没有资格！

思想的子弹

诗落开花

复杂的微笑

微笑是复杂的,微笑并不能代表什么,微笑只是一种表面感觉,它可以表达快乐,也可以隐藏悲伤,甚至可以笑里藏刀。

微笑只是一种表情,不与快乐直接相关,就像眼泪只是一种液体,不与忧伤直接相关。微笑只是一个符号,一个寓意没有统一标准的复杂的符号,不能简单地把它当作一个人内心波动的反应。

有些人微笑,是出于对领导的恭维,是身处低位时不得不做出的让步,说白了是一种虚伪,为了给领导一个好印象的一种手段。

有些人微笑,是对对手的蔑视,让自己的自信心继续发光,是在一场场或有硝烟或无硝烟的战役中采取的战术。

有些人微笑,是对自己的嘲笑,是处于无奈和尴尬中寻求一种掩饰自己真实的痛苦感受的习惯,是对于一次失败的一种习惯性的告别。

有些人微笑,是真的感到幸福,是对于这个世界还有很多人因为放不下很多东西,而自己已经能看开很多迷雾的状况的一种欣慰与感动,是不与世人争名夺利的干脆和洒脱。

有些人微笑,是掩盖自己的心灵伤口,外界的一双双眼睛与它们发出的目光极有可能让心灵的伤口变得更为严重,于是微笑便成为最好的心灵保护膜。

有些人微笑，是对于生的敬畏和死的敬重，人赤裸裸地来到世界，又将赤裸裸地离开这个世界，生命的轮回让很多人一边叹息光阴易逝，一边微笑着尊重生命的一个个轮回。

有些人微笑，是把最奸诈的险恶隐藏得深深的，到达一种无人能够发觉，无人能够抵挡的攻势状态，积蓄一种即将爆发的能量，促成一种不怀好意和狡猾邪念的得逞。

有许许多多的微笑都戴着各式各样的帽子和奇形怪状的面具，我们的眼睛还没有透视功能，于是微笑注定会很复杂。即使是你观察自己的微笑，你也会发现自己很容易就陷入懵懂，究竟为了什么而微笑？

有些时候，我们不需要理由

有太多的生命瞬间，我们不想要理性，我们也不想要用道德和法律去衡量事物的合理性，我们只想要跟着自己相信的感觉走，做自己想做的事，不需要太多理由。

喜欢一个人，可以喜欢她的幽默，可以喜欢她的外表，可以喜欢她的优点，可以喜欢她的打扮，亦可以喜欢她的身世，但是真正喜欢一个人，并不需要这些理由去阻碍自己。这些理由都是一种种借口，借口只会让我们机械地寻觅自己喜欢的人，我们真正的喜欢其实还是依靠感觉和缘分。

挑战生命的极限与变换生命存在的姿态，是一个生命希望变得越来越强大的必经之路，我们不必用异样的目光看待身边的牛人涌现和各种另类现象，不需要为他们找理由。

如果非要问一个人他为什么要那么拼命地挣钱，也许他会告诉你有钱就可以有一切。但在我看来，做自己喜欢做的事，可以积累自己想要的东西，然后用这些东西去满足自己新的需求，这就是生命的欲望有所不同而追求亦会不一样的表现，与理由并不直接相关。

有些时候，我们不想回答别人提出的问题，不想理会别人问我们做这做那的原因。人的感觉有时候真的比理性更重要，因为它可以感性而到位地控制一个人的行为举止，如果要真的有理由，那理由就是依靠感觉。

每天我们都可能见到新的面孔，这是世界发展或者人流涌动的必然结果，我们不能追究这世上原本就存在的规则，遇见谁和不遇见谁并不需要理由。

读不读书，也是自己的事情，没有什么理由，说什么读书累，读书无用那只是片面的言谈，根本没有经过严密的考证，谈论读书的言论都是自己编出来的，其证据往往难以说服别人。我们唯一可以理解的是，这是一个人的世界，很多时候，我们的感觉比理性更能控制自己。

做什么事情，更多的时候都是自己决定，别人只能给自己指点或者意见建议，抑或打击，我们坚守自己的立场，没必要因为别人的观点与自己的不一致而感到失落，所有的事情很多时候是命中注定的，太过计较理由并不是最好的时间分配。

累了就休息吧，也许不是真正的累，但既然心灵有休息的想法，那就顺应自己的感觉吧。腻了就换种口味吧，也许不是真正的腻，但既然味蕾有新的需求，那就让自己的感觉提出的要求得到满足吧。如果要找到理由去压制自己可靠的感觉，那只能让自己活得更累。

很多人都经历过，纯理性的生活是不会精彩的，或者说精彩不会持久，纯理性的生活也很快会累。当形成了自己的良好的惯性，如果有自己长期不变的主见与良性的感觉，经常都是积极向上的，那就让自己的感觉来协助自己的理性发挥功效吧，感性是另外一种人性化之后的理性。

有些人我们永远不想再见，有些事我们不想再做，有些话语我们不想再说，我们只想避开这些东西，只是简简单单地想避开，没有掺杂一点有色彩的理由，我们只想让内心清净一点，愉悦一点，毕竟这个世界有太多东西可以让我们无法安眠与安心生活了，我们太需要一种人性化的理性来援助我们了。

怀疑其实很美好

我宁愿生活在一个充满怀疑的社会，因为任何人都相信其他人，那只会造成一个最坏的结局——最后任何人都不相信任何人。所以我认为怀疑是美好的，怀疑让人有了警惕，怀疑让人有了精神，怀疑让人不敢掉以轻心，怀疑就像藏在内心的痛的引爆剂，只要自己温柔地对待怀疑，它就不会将怀疑的链式反应给引爆，反而会使自己有一个清醒的头脑去活着。

没有怀疑的社会其实是一个已经失去了警惕的社会，很快就会崩溃。当我们的生命交给司机，我们可以相信司机的驾驶技术，但是我们也不能完全地丢掉怀疑，因为怀疑的心的存在，可以让我们谨慎地选择司机，让我们有起码的心理上的准备。当自己的怀疑被自己平息之后，我们才可以面对自己的选择，不管结果怎么样，都抱以一颗平常的心。

我们的能力确实需要被怀疑，因为我们还是以一位学习者的身份在社会上学习，当然还有很多方面存在缺陷。只有不断地在肯定自己的同时，不断地怀疑自己，我们才有动力去发现自己的不足，才有可能在发现不足之后尽快补上。

怀疑分为被怀疑和自我怀疑，以及怀疑别人。也许被怀疑需要被自己感知，或者他人告知，我们的感知能力其实是有限但却比较敏感的，我们更多的时候不需要别人告知便自己先知道自己被怀疑了，那是一种很微妙的感觉。得知或真或假的被怀疑之后，我们就会谨慎行事，渴望自己的行动可以证明自己不应该被怀疑，这是一个心理考验与成长的过程，是一个人的必需品，尽管有灰蒙蒙洒下一层雾的感觉，但它最终还是会见到蓝蓝的天的。至于怀疑别人，是一种被怀疑的反作用力，我们有权利被怀疑，当然有权利怀疑别人。而自我怀疑是最奇葩的一种怀疑，可以让自己丢掉自信，也可以逆转性地在怀疑中获取一份清醒，去击败怀疑本身，自我怀疑的可能性太大了。

话又说回来，生活中的确有很多假货，比如说，教师质量本身就是一个大问题，如果教师的质量提高，学生的质量似乎也可以在短时间内提高；比如说，环境的质量本身就是一个需要被怀疑的东西，不一样的测量与参考标准，拿出来糊弄人民还是让人民放心地生存就让很多人怀疑。怀疑是让我们的生活有活力的保证，失去了怀疑，所有的东西都像是老

思想的子弹

化的机械,锈迹斑斑。

太阳需要升起,那就是为了驱赶世界的黑暗,让这个世界变得温暖起来,就像怀疑每天都会有,为了让世界的生灵对于自己或者其他生灵有更确切的认识,为了把偏移的世界摆正。太阳每天都要下落,那就是让一整天的忙碌结束,让这个世界恢复平静,就像怀疑每天都可以得到证明,为了世界的生灵分清是非,为了得到一个暂时没有纠纷缠绕和平的夜晚。

生活要继续,怀疑就要继续,生活的美好,有怀疑的一份功劳。地球是否能够继续转下去,我们还是要怀疑,怀疑才会促使我们有渴望去得到有一定说服力的答案,怀疑才会让我们面对自己的现状做出符合实际的分析,怀疑才会催促我们进一步挖掘自己的潜在力量。所以,我不得不说,怀疑其实很美好。

我只想找个安静的角落

时钟的分针秒针一直在我的心里敲击着,发出让我无法安静的奇怪声音。

日复一日的境遇,真不知该怎样选择下一个方向。

到底是哪里会将自己隐藏得最隐蔽? 我想要躲避这些奇怪的声音。

除此之外，人世的污浊和厚颜无耻更是让我不得安宁。不仅仅是白天，连黑夜里的心灵也要追随一连串的失落与无奈向自己暗示：是该给自己找个安静的角落的时候了。钻进被窝的疼痛脑瓜，思想格外清醒，无法比较的一类悠闲，此刻不再属于我。

尘世将一切多余的热量灼伤我的灵魂，我不得不接受生活的绝情。

尽管每天清晨依旧可以呼吸清新的气息，每天夜晚依旧可以观赏夕阳，可是，我慢慢发觉，我越长越大，时间越飞越快。外界一直处在"热闹"的状态，而我的内界只能待在"被热闹"的氛围中，闷闷不乐。

尽管比从前的幼稚和无知要进步，挥霍不走的那些乱糟糟的记忆，让我还是时常怀疑"覆水难收"。为什么我对曾经的美好与极坏看得如此重？我知道这个问题只有我自己能最正确地回答，但我偏偏辜负了自己。"当局者迷，旁观者清。"但我对自己了解极透，因为我一直在玩"假生活"。心灵不纯净，再干净的河水也不能把衣服上的汗滴洗去。

是不懂得的规律和方法，用锋利的尖刀刺杀了我渴求知识的灵魂。心情的趋向，用什么催化剂和中和剂都不能一次改变。

我尝试通过仰望天空来缓解无穷无尽的愁乱，麻雀一般的叫声又让我陷入过去。万里无云，就像我的内心和骨髓里极其缺乏时光的熏陶。我十分清楚：书到用时方知少。不是因为丧失能力，而是由于生活的润滑剂被自己忽略了。如今，时不我待，安静的角落几乎成了活跃却会刺激我的兴致的街角，我痛恨历史的无规律演替。

这是年少时的一曲循环调子，无穷无尽，不只是上天的故意安排，还是生活的先是过于无奈。承认自己不能像苍鹰那样展翅翱翔，但至少我们可以梦想。如果像苍蝇一样，那我宁愿一头撞响时光之钟，去警醒每一个角落的主角与配角。世界太需要安静的思考了。

可惜时光没有给予我足够的命运砝码，我的天平永远都处于偏一边的状态。幸亏，我还年少，可我不能引之为傲，少了一根信念的琴弦，都

思想的子弹

要破坏我即将给自己举办的那场"音乐会"。心头不断提醒自己：能否不过这种奔来赴去的生活，安安静静专心致志读书不是最重要的吗？

对，我必须做出这个选择。那片树林，不就是故乡的绿色吗？我记得小时候我经常在它的怀抱里一心一意地读"小猫钓鱼"的故事，那些自己为自己虚构的角色，都是自己性格所结出的果实。如今年纪不小，回归年少的故事里，我依然能体会到那种特殊的感觉。

大胆地决定了留下一颗真挚的不再后悔的心灵给自己的未来，明天的阳光射进来的时候，就是心灵之花盛开的瞬间。堆积得高高的知识楼房，不知不觉便在另一处平坦的地方林立而起，原来安安静静地涌入安静的绿色竟然可以收获如此多的回报。

夜晚的月光，幽幽地照着我的书本的眉头，仿佛是为了试探我的认真程度。我微微一笑，没想太多，从前的我以及我的一切已经不属于我。现在我安安静静地坐在窗前，手捧一本书，手执一支笔，眼瞧一个个有模有样，甚至会哭泣和懂人情的文字。这是一种安静的幸福，一种不需要太多华丽词语修饰的境界。

灯光灭了，月光散了。思绪都散尽了，蜡烛灭了，风停了。第二天的晨曦爬进屋子，踩着我的身子，我匆匆醒来。安静的时光，我终于盼来了。角落，我又和你重逢了，我们真有缘分。确实少不了一个过渡的逾越，生命的欢笑是建立在刀绞的痛苦之上的。

明白了，不再怀疑！覆水已泼洒，愁情难再收。发现了这个安静的角落，玫瑰花的影子就要印在我的脑海。早上，晚上，照样汲取自然的另一种营养，在这样的安静角落，与众不同地熏陶自己。

跳不出去的圈

世界束缚我们，世界是跳不出去的圈。

童年时我们和同伴在游戏的格子里跳来跳去，寻找这个年少季节无忧无虑的童真与快乐。

时间也在跳，跳得比我们记录生命历程的笔尖还快。

我们想竭尽全力和时间赛跑。于是我们加快了跳跃的速率，直至跳到少年时节。

少年时我们和虚幻的梦想与傻傻的理想在知识的沙滩上跳来跳去，在阳光的照耀下拼命地用知识的力量增大跳跃的频率，忘却了无忧无虑。不能优哉游哉地跳动，即使踩中石子或者碎玻璃，流出鲜血也要自己抚平伤口，让心灵学会蜕变地成长。

我们不知疲倦地等待跳得拥有一身好本领的时刻，可这种时刻迟迟都不肯出现，于是我们在用心跳的同时也变得落寞。

青春的能量是有限度的，发光发热的跳也是会停止的。我们的脚跳累了，于是聪明的我们坚定地用双手代替双脚继续跳，我们憧憬一个艰辛过程后会出现的美好局面。

我们忘记了曾经跳过多少次了，脚掌和手掌上的茧越来越多、越来越老，和我们的容颜一样由新生变得苍老。

可我们还是要跳，理想需要我们去跳，历史使命需要我们去跳，即使至今仍无人跳到时光能够倒流的境界，我们还在坚持，将叹息和忧愁冲进下水沟，我们丢掉所有的压力去跳。

我们不愿脱去衣服，毛发也长在身上，它们也在束缚我们的身体和心灵，我们依然在拘束里向上跳跃，即使每次都落回地面。

永远别指望别人帮你到底

人的这一生更多的时候是一个人自身在利用外界资源进行学习，以此来提高自身能力的含量和素质的容量，而世界上绝大多数事物都是我们的过客，同样我们也终将成为这个世界许许多多事物的过客，这个规律便是浅显地告诉我们外界某个具体事物是不能被我们长期依靠的。

而现实生活中我们又不得不用自身目前拥有的各种条件去寻找和发现下一个过客，我们体验生命的过程大多数时候是必须指望自己的，由于父母的身价使自己成为官二代，父母终归是上一辈子的故事，我们不能否认这个因素对我们的命运有一定的决定作用，但上一辈的故事始终会结束，承接这些故事的主角便是现在还年轻的我们，说到底自己的未来还是要看自己到底如何组合我们手头已经拥有和可以借来的资源去搞早未知的来年,此外别无捷径。

天上不会经常掉馅饼,地上不会经常有黄金,天下的确拥有一些免费的午餐,但我们若想仅仅依靠这些运气成分去行走我们的人生路,我们大多会成为乞丐,甚至到一定阶段便会饿死。当我们还小的时候,还有亲人嘱咐我们要好好学习、掌握挣钱的本领、天天向上,帮我们克服经济困难、生活困难,但我们已经成年了,上一辈子的亲人和老师都进入了"退休"行列,已经失去太多能帮助我们的资本,再者我们已经完全有能力自己去筹集资金创业,进入企业行业就职,或者在高校里把书读好、把能力提高的同时勤于参加兼职,通过这些手段来利用资源,发挥聪明才智的作用,从而画出美丽的人生轨迹。

人生路不是一帆风顺的,随时都有奇形怪状的麻烦可能会缠上自己。举一个国际级的例子,中国越来越强大并不是所有国家都希望看到的,比如说,美国、日本、俄罗斯等国,因为中国的强大就意味着可能会动摇这些国家的地位以及国家的利益被侵犯,还有数量更多的弱国、小国,它们害怕中国强大之后会给它们带来存亡的危机,从这个角度来看一个人的成长过程,人无疑也与国家的本性类似,国家本来就是由一个个的人构成的,说到这里我们就不难理解为什么人的前行是有难度的特点了。组合并利用资源本身就是一道难题,再加上有形无形的外界甚至同类的负面影响,漫长人生路要走完并走出风格、走出特色也就是一门需要费尽心思去思考的大学问了。

回到同龄人身上,他们同样也在和我们一起为了某一个目标而奋斗,他们绝对把主要精力放在自己成长的事件中了,哪里还有更多的精力去帮我们呢?至多同龄人用优秀的成绩和国人的天赋来给我们"施压"和"给予榜样的力量",但这些都是处于无形之中的,而有形的温暖的问候,一时半刻伸手帮你也只是存在于过去某一段短暂的时间里。说到这里我们也应该明白了人为什么要学会自己长大了,世界上除了至亲的真正爱我们的人会等待我们的成长外，其余人大都是我们的旁观者。

　　拿自己的觉悟意识和成长能力来说，人的成功在本质上是在自身经历千万种挑战和磨砺、在心灵上经受更多数量的考验而让自己在这个过程中变得坚不可摧、力量无穷、魅力迸发。善于从外界大胆"掠夺"养分、资源、精华并充分吸收的人，才算是适应现代社会的生存者，而除了这些还能理智地多点指望自己而少些指望别人帮自己到底的人才是选择承受更多、接受更多、改变更多、收获更多的"人上人"。

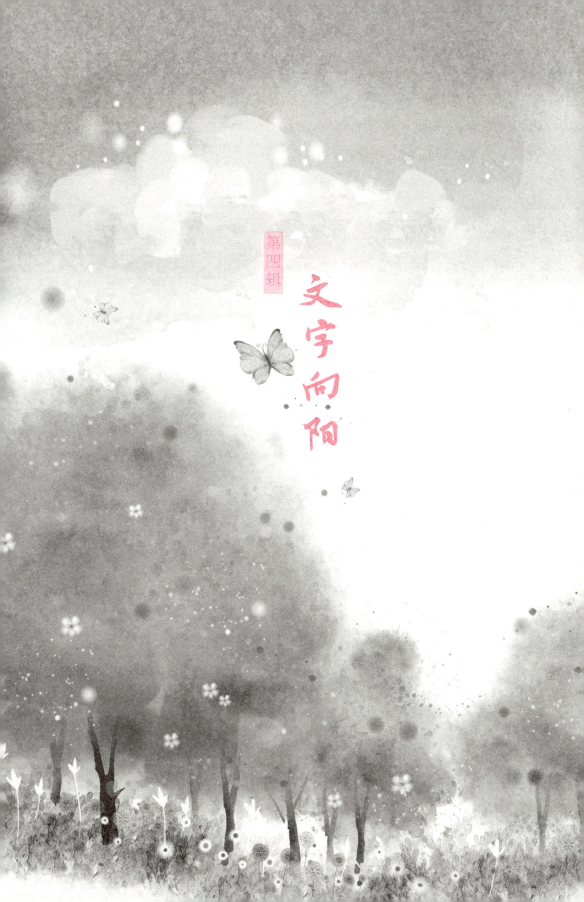

第四辑

文字向阳

从人们发表评论的习惯看出的蹊跷

经过一段长时间的观察，我发现网民发表评论的习惯其实很有趣，但有趣里面也隐藏着许多问题和蹊跷。

人们更喜欢直白的表述和描写，比如说，比起文字，人们更喜欢对图片加以评论。也许是人们不喜欢也不太稀罕在网上遇到太过深沉的东西，文字便是隐藏高深思想的重要载体，而图片表达的信息往往很直白，图片里面的信息大都是比较浅显的，并未涉及问题的本质，对于图片人们发表评论不需要经过反复的思考、琢磨、推敲和取舍。于是对于一篇网文，人们更喜欢大幅的篇章是图片，而不是密密麻麻的文字。

密密麻麻的文字表达的信息一般比较多，但是文字和图片相比，文字的模样长得太小了，不能够一下子被读者接受，它需要阅读者一个一个去阅读。要完全理解一段文字的意思，就必须花费好多的脑力。这便意味着图片更受群众的欢迎很正常，而现在中国的文学正处于低迷状态，与图片活跃起来的情况也有很大的联系，这便是人们发表评论习惯里面的一个蹊跷。

图片只有视觉刺激，而视频不但有视觉刺激，还有听觉刺激，现在的3D电影技术让观众竟然有身临其境的感觉，视频无非是比图片更加优越的传播媒介。人们对于图片和视频发表评论的意愿也许要远远强过

思想的子弹

对纯文字的评论,因为对于前两者的接受一般是被动的,而对于文字的接受往往是主动的,主动便意味着要抽出时间专门去学习,而被动则不管你自身是否愿意,它都会通过各种手段让你接受。这个主被动的关系表明人们接受的信息更多的还是来源于图片和视频,这在数量上就很好地体现了图片和视频的优势,图片和视频收到评论的条数多过文字的现象就显得很正常了。

但回过神来,许多网友已经养成了快速阅读,但却不一定能快速寻找到有用信息的习惯,网友更多的是把成篇文字当成图片,或走马观花,或表现出一眼扫过、一目十行的深厚功力,只有少数人才会"乖乖地"逐字逐句清清楚楚地去阅读长篇幅的文字。很明显这个时代的信息量毫无疑问已经远远超过了人们所能接受的极点了,人们必须养成快速浏览的习惯,否则人们就要"死在"成堆的文字信息里面了。

况且现在我们处在一个传统文化被快餐文化侵蚀的社会里,许多人遭受着快餐文化的冲击,而文字的量之大这一点便毋庸置疑地会让"视觉容易疲劳"的人们容易对于大量信息束手无策,有时候为了给朋友的一个支持,然后发表简单的评论,而且最好是在自己看得懂作者心思的图片日志里留下评论。于有意无意之中评论,为了迎合朋友或者留下纪念,这是从人们发表评论的习惯看出的另一个蹊跷。

另一个比较奇怪的现象是,很多时候,人们更喜欢灌水式的低质量评论。人们用微笑的表情掩盖"读不懂"或者"不愿读"的苦恼,人们用"赞"来表示自己的观点,人们用不痛不痒的语言发表评论,不愿涉及问题的本质。这种现象也很正常,因为人们所生活的世界,本来就是一个高速度而并非高效率的世界,这是从人们发表评论的习惯看出的又一个蹊跷。

作为图片、视频、文字的作者,很多人都希望得到"观者"的评论,听到"观者"的心声,但往往事与愿违,因为这个世界不是你一个人的世界,人们关注你并非是因为没有关注别的人,而是因为关注你已经成为一个在做其他事情时顺便做一下的习惯。"观者"也需要挤出时间来关注自己和关注别的人，所以对于发表评论，只有评论家才能有很高深的造诣，一般的人不是这条路上的人。明白了这些，"被观者"和"观者"都可以豁然开朗了，其实，评论不是一种美德，评论是一种随意的表达，有真有假，可有可无，即兴性很强，被评论者和评论者大可不必太在意别人如何对待自己的言论。

然而，评论多了，垃圾信息也就跟着多起来了，这是毫无疑问会发生的必然事件。而评论背后隐藏着的快餐文化使得人们的内涵、修养和素质普遍不高这个值得人们深思的问题，也就逐渐会暴露在世人眼前了。这是人们发表评论习惯里面隐藏着的最深刻和最有用的一个蹊跷。

没有阅读的日子会变得荒芜

阅读是一种人类必不可少的灵魂的营养剂，如果缺少阅读，一个人的精神世界将会缺少许多绿油油的草场，将会缺少许多茂密的树林，将会缺少许多滋润心田的泉水，精神世界将会出现严重的干枯而变得毫无生气，最后便可能出现荒芜的景象。

阅读时，我们可以跟伟人进行思想的沟通，进行心灵的交流，我们可以感受到伟人的精神魅力。而我们在生活中太经常地会遇到困难，偶尔的一点小意外就可能让我们无法承受，或者说看见落花落叶就会出现莫名的忧伤。而伟人有伟人独特的思考问题的角度，我们通过阅读可以借鉴伟人面对世界的态度，我们可以让自己的思想更加丰富，这样的日子就会有很多内心的触动。

书籍里面的文字就像是干净清凉的水，我们自己就像是我们每天要穿的衣服，这个世界有太多的尘垢会把我们的衣服弄脏，如果不阅读，那就像是衣服不洗，衣服始终会变脏，而我们的内心就会变得很肮脏或者糟糕无序，这是极其可怕的。阅读就像是把自己内心的不干净清洗得干干净净，让人的内心得到一片新的宁静，缺少阅读的心灵真的可能变得很肮脏。

日复一日，每天都积累一本书籍或者一段文字，时间长了我们能够积累的精神财富也就是一个价值不菲的精神家园了。可惜很多人忽略了阅读，只是一味地遇到什么事情就表现出没有经过深思熟虑的行为，没有一点儿有内涵的表现，这是很多人都没有注意到的。

阅读其实是一个人最需要的精神营养，它和一日三餐一样其实也是人的必需品，它是保持我们的身体的各项功能都保持协调的另外一种必要。阅读其实就是跟文字的交流，我们对文字有自己的看法，能够形成自己的观点，把书籍里面的观点和自己的观点综合之后，就得到我们自己的东西，而这正是我们精神的构成。如果精神的面貌太过陈旧，那就像是一双不洗的手，当然很肮脏，并且手的面目已经很难恢复了，这是很严重的问题。

如果每天都能和一行文字邂逅，到文字里去，从文字里出来，我们就像是到了不一样的两个世界，身体有了很多新的思想的更新，心灵也有了许多全新的触动，可想而知这样的生活会让我们充满希望。

我们一个人的思想确实是很渺小或者很短浅的，而阅读就是补充我们的一种手段，没有阅读真的会让一个原本很有自觉性或者很有才华的人陷入误区,最后生活变成一片荒芜之地,这样的局面真的很可怕。每个人都应该意识到阅读的魅力,因为它不是一种强加,而一种是感化和劝说,抑或只是一些无声的语言,却能让你的每一天都是新的经历。

文章不在于多,而在于精

文章写得太多,这其实是在给读者造成阅读困难,我们都知道读者不可能素质都很高,作者要求读者把海量的文字都读完,其实这是奢望。

我们的生活不仅仅是写文章和读文章,写文章和读文章其实只是我们生活中淘洗灵魂的一个最佳选择,除了它们,我们更需要做的是亲身去感受生活,亲身去体验我们这个世界的人生百态。

如果一个作者不能够把一个意思或者一个主题用简单的几句话或几段话表达清楚,那只能说作者本身的写作能力就有待提高。读者的时间是有限的,在现今时代,我觉得只有精品文学才能够经受住时间的考验而成为新的经典作品。

读者不可能对那些废话一大堆的作品感兴趣,除非是某些明星或者偶像的作品,粉丝会拼了老命地追捧,但我们都知道这种现象是极其暂时也是极其不理智的,对推动整个社会的思想大进步根本起不了任何作用。

文学圈子里面的人都应该知道,现在的好作品非常的容易被那些水

思想的子弹

货淹没,因为好作品永远是少于坏作品的,而读者的鉴赏能力本来就参差不齐,社会所推荐的作品大都是一些迎合市场发展的畸形作品,要让我们的读者接受到最好的文字的熏陶,已经成为一种比上天还难的梦想了。

现在网络小说的发展势头简直就像越来越猛烈的洪水猛兽,原创的字数上千万的不在少数,抄袭或者脑残的也不在少数,色情的低俗的也不在少数,颓废的消极的也不在少数,只为赚钱和争名夺利的也不在少数。自从网络成为文学的平台之后,我觉得文学已经变味了,由于它的问题的解决远远滞后于问题的出现,并且从现在不乐观的情况来看网络小说的未来,我觉得中国的文学就快变成一个"饥饿的胖子"了,作者和读者虽然拥有大量的文字,但是有营养和流传价值的作品,简直就是要在最无情的沙漠里寻找水源。

其实很多传统正派作家也因为网络文学的出现而被挤压,表现为出书困难、作品不被重视、好书卖不出去等,他们的正统思想难以让读者喜欢,但是他们又不能放弃对于一个民族思想和精神的担当的责任和义务,他们当中有很多人拿着比农民工工资还低的稿费艰难地在生活底层生存,我想这是一个民族的悲哀。重磅的正统作家其实是一个国家和民族的精神脊梁,一个不重视作家的国家和民族,迟早是要失去精神依靠的。

作为写作者,我依旧主张同仁少做文章,但是可以多通过经历生活的各种体验和进行精品阅读来提高自己作文的能力,然后想尽办法写出接近经典的作品,这就是我们应该做的。我们没有必要奢望拿文字来赚钱,因为文字的强大力量不在于赚钱,而在于影响一代人甚至几代人的思想,并且影响的范围越大、影响的程度越深刻越好。这样的话,我们就不能要求自己成为专职作家了,我们都可以有着成为业余作家的目标,因为养活自己需要通过其他工作来实现,做文章只是日常的灵魂生活。

不要不承认现在整个国度的文章存在的字数多,质量却普遍低下的严重问题,因为你只要想想诺贝尔文学奖,过了多少年才颁发给中国作家了? 里面又存在多少跟经济有关的争议?

在此,有一个原则需要重申:文章不在于多,而在于精。如果偏离这个原则,中国文学的未来恐怕就是一块荒漠了,"饥饿的胖子"迟早会因为过度缺水和营养不良而非正常地死去。

我与作家梦无关

思想的子弹

我的梦想并不是成为一名作家,因为作家的使命太重,我怕我瘦削身躯,即使在别人眼里是一种坚强壮硕,可是我内心关于作家的另一种定义,已经让我无法在有生之年完成这个心愿。

作家离我太遥远,但我会深深铭记作家肩上的重任,尽力去发扬纯正的作家精神,坚定信念以一颗宠辱不惊的心态去面对世俗和经历每一种酸甜苦辣,以及去书写每一种爱恨情仇。

作家的前身应该是淡化于名利的,即使外界的各种声音让一个写作者拥有外在的光环,那真正有志于成为一个对世界的几个时代有用的作家的人,毫无疑问应该放下内心关于利欲的屠刀,作家是有必要朝向人间活佛方向发展的一种生活方式。

我所定义的作家,首先要有著述,并且是可考究的文史资料或专辑文集,量需要达到可以引起质的改变的程度,这是基本的前提。其次,作家的功劳不仅仅是当代,还应该有一定的持续活力,对下一代甚至几代人都有深深的触动,此处的触动特指对世人的正能量的给予。这样定义的作家才是我意识里的作家,一种很少人能攀上高峰的承担与坚守。

所以我能够实现所谓的作家梦想的概率几乎为零。对于文字的生命力焕发和思想情感的迸发,我显得极其坦然与平静。

我想我的梦想应该是做好本分,爱自己爱人,珍惜时光不懈怠,读懂生命的符号和注释,静观庭前日升日落,闲看夜空星闪星灭,活出每个生命阶段特有的精彩与美丽,勇敢地展翅和尽力尽情绽放光彩,充实生命的每种洞穴和缺口。这便是最真实的感觉,于前行的脚步里保持一种纯净的状态,清唱、轻唱、低吟手心的美妙感悟。

若我的小小功绩可以辅助别人在内心建立精神家园,甚至创造一个内心恒久不落的太阳,那我会有一股感谢的暖流要送给我的每一位可亲可敬或者奇葩另类的伯乐。

我的到来更多的是为了用好这个世界,而不是占据它的理想和控制它的命脉,所以我的梦想显得很卑微却很贵重。

真的不能放弃写作

你怕，或者不怕，写作就是你原本应该坚持的，不管是为了记录内心的感悟，抑或坚持最初的梦想，写作都是你应该坚持的一项事业，它跟你的医学专业学习没有任何的不相容性，你不要把自己学习与写作当作两个敌人，其实它们可以建立深厚的友谊，共同来支撑起一个不简单的自己。

如果你觉得你的时间不够用，我只能说大家的原始时间是一样多的，只是因为每个人利用时间的习惯和有效度是有区别的，所以大家的真正净时间是不一样的。区别就在于如何分配自己的时间，如何安排自己所需要做的事情，能否用有效的方案激励自己的执行，优秀的人自然是对时间有很强的判断感和超前感。

鲁迅也曾经说过："时间就像海绵，只要愿挤，总是会有的。"我们不能简单地认为时间很快流逝，尤其是在我们不知不觉之中，时间就在我们的背后远去了，这是一个既定的事实，可是我敢确定不知不觉更多的或者全部都是我们自身的问题，我们自己不够明智，不够关注时间的流逝规律和自己如何才能更好地把握时间创造最大限度的价值。我想有时候自己把时间用在空想，用在无聊的叹息和取悦别人上，那是我的一种罪过,这些时间原本就是用来学习和提高自己的,用在一些没有意义的事情上,简直就是对自己的一种打击。

医学当然是我人生里最重要的一部分,但是医学不可能占据我的全部,我还有自己的写作。写作也是我的命根子,只有有了写作,我的思想才不会死掉;只有有了写作,我的灵魂才不会枯竭;只有有了写作,我的生命才有了希望。我真的不能简单地放弃写作,放弃写作是最愚蠢的决定,是一定会遭到报应的恶行。

人生有两个阶段,前一个阶段大家都在平原上前行,可以在群体里感受团队的力量,但是后一个阶段进到了森林,森林里有很多野兽,也有很多荆棘和危险,我必须自己专注于前行,团队也被拆散了,或者说团队意识更多的已经被个人高度集中的注意力和警惕心取代了。目前我已经进入了森林,我不能再依赖群体,或者说我更愿意让自己成为可以被群体信任的一个队员,我要把自己的注意力集中于一个人的提升、把自己的警惕心专注于接受许许多多的不确定的挑战上。

如果要放弃写作,就像是要把我的生命之树都砍掉,虽然我的根还在,但是我的生命之树已经基本上失去了价值了。正确的理解,应该是学会平衡自己的医学和文学,两者是有着互惠互利的或者说相互促进的关系的,硬要拆散它们,那是一种对生命的不尊重,一种对美好的践踏,一种无耻的恶行。我深刻地明白我不能再堕落了,我不能在群体中让自己被同化掉,一个并不让人觉得乐观的群体,是不可能同化出一个非凡的自己的。

真的不能失去写作,医学学习绝对是头等重要的,但是写作是辅助自己坚持学习到底的一种工具和保障措施,我不能让自己裸体前进,所以我必须要让自己穿上写作这件防弹衣,我必须清醒地知道前行的道路上到处充满了危险,但是我的决心很坚定,我就是要一路向前,在自己的生命中留下不凡的记忆。

没有不可以，只要你愿意，开天和辟地，写作和学医，皆可变容易，充满精神气，一定走到底。

争议可以有，但一定要写

每个人对于同一段文字的看法和见解不可能都一模一样，就像一千个人眼里有一千个哈姆雷特那样正常。我们的读者对于作者的文字可以持有不同的争议，这是我们读者不可被侵犯神圣的权利，而作者也可以写只属于自己的文字，面对争议可以有自己的选择，读者和作者是平等的，是可以处于同一地平线上进行沟通的两个群体。

思想不一样，价值观便不一样，对于一篇文章是喜好还是厌恶，那是读者自己的事情，其实跟作者并不能扯上必然的关系。作者的思想有表达的需求时，就可以找到本子和笔把自己的思想爆发出来，从抽象的形态转化成文字形态，而这样的过程也只是作者自己的事情，是自己对于内心关于生命的思考的一种提炼。

如果读者对于一篇文章毫无言语可谈，那只能说明文章的价值并没有发挥或者体现出来，或者说文章已经远离了我们的正常生活。只有那些引起争议和得到广泛关注的文章，我想才是值得我们一读的文章，因为对于比较热议的话题，每个人都有属于自己的意见和见解，这一类型

思想的子弹

的文章才有机会让人们在作者原有思想花火绽放的基础上，再次碰撞出剧烈的思想火花，这才是文章的一个大作用与目的。

如果一个读者对于有价值的文章没有任何思考和思想觉醒，我想读者应该好好反思自己究竟是不是一个合格的读者。好文章不是人们一致认为它好它才会好的，真正的好文章是经得起时间的考验和争议的杀戮的，好文章的影响一定是具有深度和持久力的。

而一个作者如果不去听取读者的反馈，我想这样的作者只是单纯地为了自己而写作，我想作者在这样的情形下写出的作品其实也是难以影响到读者的，包括正面影响和负面影响。一个作者再也写不出文字的时候，我想他就可以成为有写作经验的读者了，可以给其他写作者一些自己的见解和评论。

但不是读者需要什么样的作品，作者就需要写什么类型的作品，那样做只会很死板，只会为了写作而写作，更不用说为了版税而拿自己的文字敷衍或者满足读者的需求，这些都显得很荒诞。写作更多的还是自己的事情，但要想成为作家，就必须把自己的写作跟人们的生活紧密地相连，作品从生活中来，又可以到生活中去。

具体到每一个读者和每一个作者，我想每个人对于写文和看文都有自己独特的思考。我不喜欢被别人的想法覆盖自己的思考，也不喜欢拿自己的思想掩盖别人的思考，写到此处我只想说：争议可以有，并且读者最好对于文字有争议，但是我有太多的思考想要表达，我有太多的生命的触动需要记录，如果让我离开思考和写作，我很快就会抑郁地死掉，所以无论读者的反应如何，我一定要写，但是和所有的读者和写作者之间保持平等而和谐的关系，是重要的基本前提。

转帖时代人们还是退步了

　　我们生活在一个特殊的转帖时代,在别人的空间或者网站看到好的文章资料和微博,不用经过大脑的思考,就习惯性地转载到自己的空间,然而对于其内容的消化工作,恐怕大家都没有做好。

　　所谓的转帖时代,不外乎就是收藏美好的东西,得到心理层面的满足,而它们对于自己的帮助除此之外是微乎其微的。相比于刻苦学习、修炼文笔、加强内涵和悉心研究,转帖太过于形式化,内容已经被忽略得有些夸张了,这毫无疑问是一个退步的时代。

　　有时候进入朋友的空间,发现日志的数量达到了四五百篇之多,给我一种伟大的感觉。然而细心地看起来,朋友的日志基本上都是转载的,原创的日志数量只有几篇,而且是表情多过文字的信息,我就开始觉得不对劲了,我这朋友也太厉害了吧,手里竟然有这么多转来的帖。但我怀疑朋友极有可能只是单纯地转载而已,并非认真地消化精华日志内容。后来我厚着脸皮问这个朋友,他的回答果然如我所料,我不得不感叹:这一个时代真是一个无比方便的时代,但方便里人们的眼睛被蒙上了一层灰蒙蒙的纱布,让人们看不清楚自己到底需要什么。

　　转帖就像是抄答案,练习册里面的题目自己不会做,转帖的人误以为把答案抄进练习册里，就可以让自己的考试得到一个比较高的分数甚至是满分，追求着一种"妥协的完美"。这一个过程看起来很完美，但是它隐藏的却是惊天的秘密：人们浪费宝贵的时间在做一些只涉猎到事情的皮毛的傻事，便以为把别人的"参考答案"搬进自己的"练习册"，就可以让这些"参考答案"作为"考试"的"答案"。这是多么愚蠢的行为，可我们就是很少意识到我们的愚蠢，于是，我们在不知不觉之中于浩瀚的信息海洋里迷失了自我。

转帖时代的到来是符合自然界事物发展客观规律的。谈到这个时代人们的退步，无比强大的互联网其实也有一定的"不可原谅的罪过"。互联网的信息量巨大到人们根本无法分辨信息的真伪和衡量实用度，人们的时间和精力都是有限的，谁都希望自己能够轻而易举、便捷地搜索到自己真正需要的准确信息，但"可恶"的现实就是让人们这个"白日梦"始终是一个白日梦。

谁能够有足够的自信说："我转帖是为了给别人提供方便，我是在利人，不在乎利己。"但谁又清楚地知道：自己的一个转载，自己却不好好消化帖子或者文章资料的内容，形式化显得特别严重，然后别人也和自己一个样，接着又是别人再重复自己的"不科学行为"。可以想象，这是一个可以无穷下去的"不科学行为"。转帖的人越多，那么浪费的时间的总和也就越多，整个社会的垃圾信息就会堆积成山，这不是在利人，而是既不利己又不利人。

这是一个更在乎速度和数量的时代，明星渴望自己有很高的关注度和粉丝数，网络红人渴望自己的一举一动都成为网友们评论的焦点，学生们渴望自己掌握更多题目的解答方法，教师们渴望自己培养更多的重本学生和高考状元。但是又有谁经常思考并在乎效率和质量呢？我们都知道，生命的真正意义不在于它的长度，而更侧重于它的宽度和深度，对于信息的取舍和消化也是这样，只有更在乎效率和质量，少计较速度和数量，我们才能让自己的理论和实践得到最准确和有效的指导，每一个人都这样进步，整个社会就可以进步了，但可悲的现实就是跟此种情况刚好相反。

这个时代也是一个网络小说和青春小说"肆意流行"的时代，这个时代是被快餐文化腐蚀掉的一个时代。关注度极高的网络小说和青春小说，大都没有一个关于营养的合格证书，它们都戴着"穿越"、"修真"、"都市"、"盗墓"、"言情"和"无病呻吟"的歪帽子，它们都不该是这个时代的主流文化，但事实就是它们已经打败正派的文化，跻身成为时代主流文化了。这是一个让人万分心痛的结果，人们都在赶，赶着学习，赶着阅读，赶着上网，赶着聊天，赶着玩游戏，赶着体育锻炼，赶着数钞票，赶着建房子拆房子，赶着拍马屁，赶着伤心，赶着暗算，赶着拍电影，赶着结婚和离婚，赶着捞取名利，赶着过年过节，赶着说出豪言壮语，赶着着手豆腐渣工程，赶着阿谀奉承，赶着斤斤计较，赶着过日子，赶着享受人生，赶着退步，是不是也在赶着消退和死亡？

在一个已经就快遗忘本真文化和民族文化、民族精神的时代里，有谁还会在乎自己的真实感受如何？人们已经从被迫到自愿，习惯了享受这一种变了味的"快感"，就像是一个只在乎赶紧接客、不在乎或者根本没有权利在乎接客质量的妓女，在乎的只有两个：一个是客人的数量，一个是客人给予自己的报酬。这便是人们被无情地麻木的结果，人们自愿地接受这个社会的妥协，人们自愿地做出让步并且退步了。

我们是年轻的一代，年轻就应该有清醒的头脑，我们不该被惨淡的现实冲昏可以思考、可以碰撞出火花的头脑。我们退步了，我们的后代还会继续退步，我们是不是应该想方设法从自身抓起？在一个浅薄的转帖时代里，没有了内涵的修炼过程，到我们的精神根基出现动摇之时，谁来给予我们救赎？

思想的子弹

做文字的好朋友

文字是裸露的心灵，养成将自己的思想转化为文字的习惯，是一种勇敢的举动，同时也是一项完善自己的工程。

出生在 1990 年以后，生活在物质生活将要埋没将身生活的时代里，我没有随大流而变得浮躁，反而我学会了冷静思考，用完全不含掩饰的色彩调试着生活这幅画。70、80 后的前辈给我们树立起许许多多的典范，我们可以尝试借鉴。在语言表达方面，我主张要有个性兼共性地道出观点；在思想立意上，我主张作文挖掘要深刻，能够理性衍生和主观派生。

对于自己并不擅长的领域，可以聪明地换一个角度，不要徘徊在忧伤等待的泥潭里。要弥补自己的不足，就应该主动去阅读，遨游在文字的太空里，扩大自己的视野，拓展自己的行文思路。

任何事物都是不断改变的、长期流动的，因此我们能学会与别人交流，就可以获得更多的信息和力量，为我们的下一步做好充分的量的积累。我们自己给自己制造的杂感和情愁，会随着交流的融入自动被抹去；融合之后的思考会更加完美，前进的力量会更加有劲头，创造性的时代就是接下来的每分每秒。

积累自己的经历，记录自己的历史，是对自己的一次评判。珍惜光明的时光,看透黑暗时间隐含的本质,抒发各种各样的情感是一种智慧的行为,不要为了某种忧伤只会哭泣和躲避,承受该承受的,记录该记录的,剩下的都是纯净的美好。文字需要不断地沉淀灵魂,过滤陈旧的落后,才会吸引欣赏的眼球。

好文章撕破了也值得一看。有时候,惹争议的文章价值会比平淡的文章价值更大。不能乱造风格,但提倡有个性地表达。不在乎外界是冷是热,我依然会保持青春那一份热情和激情,去改变将要记载的历史。用恰当的文字,去抚摸受伤的心,去形成良好社会风气,去引导黑暗里的灵魂获得重生。

事实上,时间会将文学的本质撕破给人们看,文学素养是精彩生活的必备。长大,那份热爱不会老去,年轻,那份热情一直在焕发力量。敢于撼世震世动世,等于世界的越发精彩。

思想的子弹

心灵波澜

不许不开心

　　我对自己的要求是不许不开心，生命总不能时时刻刻都充满快乐，但我不能够让压抑的情绪控制我，或者占据我的大部分时间，即使不快乐，也要保持一点点的开心，因为，我还有属于自己的未来。

　　不管世界怎样变化，每天的太阳总是会准时地升起，每天的太阳总是会准时地落山，我们的每一天都是新的，如果今天还因为昨天的事情而不开心，这一刻还因为上一刻的事情而不开心，那我就不是一个与时俱进的现代人了，我的情绪应该也是新的。

　　生活不是想要捉弄我们，生活的本意是锻炼我们的心志，我清楚地知道开不开心都是自己控制的，自己怎么想，自己的心情就怎么变化。可惜每当我遭遇到挫折，我都有一点点不开心，可是我觉得那样子只会让自己处于一种被动状态，现在我感觉我必须学会换个角度，把遇到挫折当作可以让自己开心的事情，因为只有经历过许许多多的挫折，我们以后遇到挫折，才知道要怎样去应对，而不是手足无措。

　　不管你开不开心，生活总是要过，我认识到自己不是一个甘心得过且过的人，我知道自己真正需要的是生命的各种迹象对自己的考验和洗礼，所以此时此刻的生活是生活赐予我的，我会万分珍惜。而我珍惜的

思想的子弹

一种表现就是营造一种有一点点开心的心态,抓紧时间以一种低调的姿态去做好自己的事情,让积极情绪给自己以阳光的力量。

我的生命从来就不缺少感动,我知道自己需要把感动收藏在心,而一点点的开心是对感动的一种保温,我可以通过让自己保持些许的开心去从感动的涡流中找到新的温暖。不开心就像一片阴影,严重的时候可以让我失去前进的方向,失去努力的信心,甚至看不到明天的希望,我不能上了不开心的当,所以我的底线是不许不开心,即使不开心,也要保持沉默的底线不被打破。

拥有梦想,就应该寻找到最积极的力量和最有效的手段去接近自己的梦想,如果现在不去追逐自己的梦想,那我们的未来就难以有机会再去追逐自己的梦想了。现在的我正是血气方刚、充满激情、朝气蓬勃、活力四射和最具有可雕塑性的孩子,我的灵魂是渴望接受到圣贤和优等教育的,所以我现在就必须学会有一种抵挡不开心的意识,让自己的上进的情绪来辅助自己的理性。

不管我的潜力最后能被开发多少,我不会让自己停止前进的脚步,除非我的生命死去。只要我活着,我就会让自己有一种"不许不开心"的心境,因为不开心真的没有什么用,就像抱怨,就像烦恼,那些负面的消极表现只会停下我们的有计划的追梦的脚步,只会浪费我们的期待。

我的力量不算太大,但是我们的爆发力是可以不断通过积蓄自己的基础能力去提升的,我相信自己不是一个配角,我属于自己生命里的主角,我有自己的选择权,我不需要别人再来印证我的决定,我知道自己最清楚地了解自己,我甚至知道很多事情都在考验我是否在做虚假的宣誓,我一定会把各种各样的怀疑平复下去,用的只是默默地学习和拥有一点点的开心去探索生命的多种意义、演绎生命的精彩迹象。

空虚和负罪感的来源

　　一个人绝不会因为做了很有意义的事情而感到空虚，一个人感到空虚肯定是因为没有做到自己应该做好的事情，或者是因为自己没有按照自己制订的计划表履行自己的义务。

　　负罪感是一种内心的无力的忏悔，只有做了自己不该做的事情，比如，说了不该说的话，得罪了不该得罪的人，看了不该看的东西，知道了不该知道的秘密等，这些都可能会造成一个人有强烈的负罪感。

　　空虚和负罪感都是可以严重地阻碍一个人学习的一种障碍，它们都会削弱人们的干劲和激情，让人们的内心充满一种无法形容的思想迷雾，找不到思想的出口、精神的支撑和行动的支持。

　　一场大雨突然在赶往学校的路上倾盆而泻，阻断了学子前往课堂听课的路途，这是一种因为无法改变的外界环境而造成的遭遇。其实，被大雨所困是一种上天的恩赐，老天在下雨之前，也许早就告诫人们出行要带雨具了，而那些不懂得观察天气变化并且又要出行的人，注定要让自己吃亏，他们面对自己的不关心天气的不良习惯会感到一种后悔。自己的失误造成自己内心思想的暂时梗塞，最后的责任也得由自己无条件地承担。

最可怕的不是因为自己的失误和被大雨阻断道路上不了学,而是一个人忘记了自己最初的梦想。有许多人在做一件大事之前总是充满激情和力量,许下许许多多让人感到力量十足的誓言,但是在做事的过程中却老是抱怨问题不断出现,让自己无法适应这个存在方式,结果追求自己梦想的动力很快就被削弱了。这是一个人自身的问题,问题的根本在于一个人不懂得默默耕耘,太过期望自己能够取得什么成绩,于是把时间都用在了思考自己到底能不能达到某一种目的上,而不是放在如何具体实施和有效的努力上了。这当然是一种致命的负罪感,既没有得到一点起色的成绩。也没有把自己感动,负罪感当然会自然而然就会不长眼睛地侵袭一个人。

坐着或者站着,却没有让脑子思考一个问题,甚至是动也不动地发呆,时间一长,一个人的身体也会逐渐麻木,脑袋也会陷入空荡荡的深渊,思想出现一个巨大的窟窿。我们都应该知道,一个人的身体是由一个人的心灵和大脑控制的,人们平时的时间观念和主动性、能动性、完善性不强,自然就会让自己碰上原本可以避免的不必要的心虚。

空虚和负罪感也是具有可比性的,一个人是可以凭借自己的能力去比较自己和别人的时间利用率与生命利用率高低的,一个人创造的价值和反思的及时性就能在自己感受外界变化中在大脑和心里得到反映。

我们不是太过于计较,而是我们太不计较了,我们竟然可以忘记时间地学习,有时候失去目的,有时候没有计划,有时候只是随便翻翻书,有时候根本就是趴在书桌上发呆,我们不够计较我们到底在有限的时间里学到哪些值得自己开心和可以应用的知识。人们很多时候都不知道自己此时此刻的努力到底是为了什么,没有什么可以长期激励自己,能够让自己不断重复度日的只是地球的自转和公转。这些因素共同决定了人们注定要迟于地球的发展,人们的身体的发展是迟于地球的,人们的思想也是迟于世界上原有事物原本的精神的建立的,从而人们面对一个还需要不断去发现的世界，感到自己力量的薄弱，自然就会有一阵阵的空虚感。

这是一个可以连通的世界，但许多人硬要把自己跟外界隔离开来，自己生活在一个孤立的角落，这样一个人与外界断绝了信息的交流，却不能断绝能量的交流，一个人不能完全做到与外界隔离，没有达到自己想要达到的目的，这很容易就让人类易碎的心灵破碎。紧接着人类的内心就会被一层厚厚的灰尘所蒙蔽，人们因为负罪感累累而不能迅速地找到克制自己的伤心的方法，空虚感和负罪感一起夹击一个人，人们就会变得更加空虚和感到负罪。

人们都想干出一番成绩给自己身边的人或者远在天边的人看，但是很多时候真正能够实现愿望的人始终是少数的，当人们遭遇比较具有挑战性的挫折，人们就容易感到自己不是一块不怕火烧的真金子，接着便安慰自己要正确看待这个世界，看开这里的每一件不如意的事情，学会做一个可以享受快乐的人。但人们最后还是欺骗了自己，因为懂得快乐是何物的人依然是极少数的，大多数人连快乐长什么样和有什么特点都不知道，又怎么去追逐快乐呢？可想而知一个人不能真正悟透自己到底在干些什么，就永远都无法获得精神上的解放。

空虚和负罪感就是因为心理上的波动太过无常，精神变得不旺盛，内心的定力不断遭到外界的无情的攻击，那人们感到空虚和负罪感累累在一种充满危险的时刻里就很自然地爆发了。也许只有懂得这个道理的哲人，才能避免自己的空虚和负罪感扰乱自己的生活，但是真正的实施者和成功者，始终都是对自己一片忠诚的，对于外界的丝毫，他们只把它们当作自己走向生命最旺盛季节的奠基石。

每一个人心中都有一堵堵墙难以推倒

就像每个人都不可能是完美的人一样，每个人的心都不是完整的，每个人的心都存在着一定的缺陷，每个人心中都有一堵堵墙难以推倒。

我们日常看到的明星，大都只是他们在公众场合经过悉心打扮之后的最好形象，他们的嗜好和陋习都被这些充满吸引力的表象给掩盖了，所以他们的高大和伟岸的形象就牢牢地成为世人的印象。

许多投资者，不懂得投资而不管什么便学着人家去投资，内心总想着风险会不会太大，越想便越害怕，内心的定力似乎完全消失。这些投资者在内心筑起了既想玩一种危险系数很高的游戏，又想一定要成为游戏的赢家的心墙，担心的时间多过了细心分析投资市场整体走势的时间，在内心筑起一堵堵坚硬却尚未察觉的墙，隔着他们看见把自己的钱财用在最适合的地方去的视线。于是成功的投资者总是少数的，因为心墙太高太坚实的人的失败，是别人通往成功之路的一块块基石。

在一个房奴满大街的时代里，许多人极其后悔当初自己不按揭买多两套房，好在房价迅速涨价之后大赚一笔差价。敢于在法律允许的范围内炒房的人，其实他们基本已经将内心那堵关于买房的犹豫不清的心墙一砾一瓦地拆除了，他们可以豁出去地认为房价始终会被过度提高的，所以他们大胆预测赚取房屋差价其实是不劳而获却的确可以行得通的，而如今铁硬的事实真的就验证了他们的有质量的头脑之猜测。

害怕一场重要的考试，比如，国考、英语四六级考试，如果自己很不自信，然后内心的墙体又太过坚硬，认为自己真的难以去推倒它，就连运气这最后的一个筹码都觉得不会管用了，那这样的境地也真的就没救了。心墙太过厚实，自己的力量又因为自己的过度疑虑和抑郁而无法有效使出来，这真是赔了金钱又折心。

归根结底，心墙注定是心理问题范畴里的一个小分支，要想了解自己的心墙有多可怕，又要如何把它们强行拆除甚至直截了当地推倒，那就必须循着心理学的思维，把必要的心理学知识弄懂弄透，加之以不断优化的身体力行，没有除不掉的心墙。

思想的子弹

太过耀眼的光芒只会刺伤人的眼睛

很多人希望自己的内心充满阳光，甚至是不灭的阳光，就连黑夜也需要一片光明，以避免内心的黑暗，再次来侵扰内心的脆弱之处。

其实，许多人已经被心理问题困扰得连理性都失去了，因为黑夜本来就是用来睡觉的，黑夜并不是一个人内心通亮透明地去奋斗的时机。黑夜里不灭的光芒，就像是耀眼的光芒，注定要打乱一个人的正常作息，注定会刺伤虽有理想,但是不懂得正确使用时间的人的眼睛,直至让所有的光都熄灭。

现实生活中,我相信没有人愿意见到一个像太阳一样的朋友和自己一起学习和生活。太阳是一个温度极高的发光体,它所发出的光芒太过耀眼,不经过长距离的传播与一定障碍物的阻碍和削弱,注定会让它周围的事物遭受巨大的迫害,甚至是将周围的一切事物都熔化掉。

还好我们的生活没有谁可以充当或者宣称自己是一个太阳,更没有人认为自己是太阳神,如果真的有,那我们的世界就是一个正在毁灭的世界了。

太阳太强大,太阳太强烈,太阳太让人感到不安,距离近了,热气并不能提供温暖,光芒并不能驱散黑暗。就像身边太过厉害的人,他们就像是一个小太阳,他们的光芒已经很厉害了,但他们似乎也懂得不能够长时间和普通人接触,如果长时间接触,必然会伤害普通人。也许是有些人嫉妒心太强,也许是有些人由嫉妒生恨,也许是有些人羡慕心太强烈,这些东西一旦多起来,都不利于普通人继续提升自己,更不能让普通人跃升厉害的行列。

我们在生活中很少见到明星,在我们的心目中明星就像是夜晚天空的星星一样让人觉得漂亮和充满吸引力。但星星也不能总是在生活中出现,因为明星只是像星星一样在我们的黑夜里给我们带来很多希望,明星用自己最好的一面给人们留下最好的印象,让人们接受感化,然后自己不断努力提升自己。我想,这就是明星存在的最大作用,至于明星的光亮会不会太耀眼,似乎只关乎明星的收入问题,这是一个人的私密,不是常人需要了解了去学习和模仿的。

明星和星星一样,都是我们内心的一种力量和希望的象征。虽然他们的光芒不会太强烈,如果他们出现在我们眼前的频率太高,他们的光亮就会积累起来,然后终有一天会刺伤我们的眼睛。但没有明星想冒这个险,明星也有自己的引领人们追求一个理想和潮流的原则,那就是尽量保持自己出现在公众场合的时间短一些,频率也不应该太高,只有让自己变得"稀有"起来,自己才能"珍贵"起来,自己对世人的影响才会显著和重要起来。

现实生活中有一些人的话里充满着能够杀人的力量,就像话里凝聚了一种耀眼的光芒,能够把和他在一起的人的眼睛和心灵都刺伤了,这其实是一种可以避免的损失。

现实生活中也有一些人的行为似乎充满了年轻人的锋芒,让和他在一起的人感受到无比的压抑,相处的气氛非常的不和谐,好比一种安静中的不安,这是一种种不够收敛的行为,就像一盏盏打破常规异常的亮的灯光,夜晚里的人的眼睛反而会不适应,甚至直接被刺伤,这是一种种值得推敲的行为。

言谈举止也可以像光芒一样影响周围的人,除了太阳和星星,其实还有月亮,在生活中既可以给人们希望,也可以让人们绝望。人们就像这些事物一样,影响着自己的同时,也在影响着别人,因为人也是一个因反射而能放出光芒的存在,反射的光芒有柔和的,也有刺激强烈的。

不管你是以一种什么样的光亮而存在,不管你接受哪一种光芒,都不能忘记太过耀眼的光芒只会刺伤人的眼睛,甚至将一个人的心脏粉碎,更有甚者,将一个人内心的所有已经发芽的种子统统晒干。对待光芒,永远只需要可调试的亮度与热度,离开此原则,便都是扯淡和无知。

我们那些不变的原则

环境可以被污染，但是一定要治理，而且要从源头进行治理，不治理好绝不罢休，不治理好绝不饶了制造污染的罪魁祸首。

心灵可以被污染，但是一定要清理，而且要让自己的内心强大起来，有自净能力，有更新自己的心境的能力，有抵抗污染的能力，更有让污染源消失的能力。

我们可以被诱惑，但是一定要把所有的诱惑都当作浮云，或者过眼云烟，它们根本就不值得我们去追求，更不值得我们为之花费心思，甚至付出未来的惨重代价，它们只是让我们的道德变得更加高尚的一些存在，它们都只是一些反面教材，别人我可以不管，管好自己才是根本。

可以被贿赂，但是绝对不接受贿赂，让我们的道德保持善良的原状，绝对不会动摇自己的钱欲和权欲，做好简简单单没有什么奢求和妄想的自己，有一个健康的身体，活得开心或者有一点点的幸福，其实就已经足够了，不需要太多的钱财和权力。

可以被打击，但是心灵一定要把压力顶回去，因为不顶回去，打击我们的那个对象就会对我们变本加厉，时间久了会对我们无视，会把我们的生命置于一种绝境，会让我们喘不过气来，会让我们死在那些原本可以战胜的打击里。

可以被误会，但是自己心里一定要清醒，我们做了什么事情，哪里不对，哪里对，我们自己要一清二楚，不要把自己伪装起来，表情只是一种外表的模样，跟我们的心情和意志无关，自己到底好不好，自己到底坏不坏，自己到底是厉害还是愚蠢得像狗熊，我们自己要有自己的是非判断标准，绝对不能人云亦云，绝对不能失去自我，绝对不能把操控自己的权利交给别人，绝对不要把自己的生命往死坑里丢弃。

可以被贬斥，但一定要有自己内心的一份定力，因为定力是一种耐力，要顶得住无缘无故的责怪，要顶得住无聊的谈论与批评，要顶得住那些谣言传播者的压力和攻击，自己的心灵要像清澈的溪水一样明净，不要被别人的一举一动或者三言两语就迷惑了。

可以被鄙视，但是一定要瞧得起自己，一定要给自己信心，一定要看到明天的希望，一定要有一份信心，一定要有一股勇气，一定要有一份计划，一定要有一个目标，一定不能让最初的梦想被别人随随便便地污染，一定不能连自己都不争气，一定不能抱怨上天对我们不公平，一定不能跟别人较劲，一定要保持一种尊重自己的姿态。

可以被唾弃，但是一定要有收容自己的胆量，因为自己才是自己，别人都不是自己，一定要不断地暗示自己，一定要时时刻刻清楚自己的历史使命，因为我们现在不强大，不承受所有应该承受的痛苦，那未来的我们就需要承受更多的痛苦，我们没有那么多的精力再到未来去接受现在就应该经历的考验。

可以被背叛，但是一定要有一份拿得起放得下的心态，一定不能觉得所有的友谊都是稳固的，所有的友谊都是可以长久持续的，时代一变，很多事情就要变了，我们的生命充满着不确定的变数，我们自己可以独立存活和成长，我们不能觉得失去了谁谁谁就不能活了，更不能觉得被背叛了就觉得自己没有用了，我们要有一份淡定的心态。

思想的子弹

可以被打扰,但是一定要有一种机制去抵抗外界的所有干扰,因为专注才是我们应该做到的一种状态,把精力都集中于自己应该做的事情是我们可以做到的一件事情,把自己的生命保护好,就应该学会不被别人轻易打扰,自己的内心有一种稳定的抗干扰能力,其实就是给自己的最好的礼物,不要认为外界不应该打扰我们,其实是我们不应该害怕被干扰。

可以失败,但是一定要不断地从失败当中找原因,把造成自己失败的教训写下来,记在心里,铭刻在我们的灵魂深处,不要在同样的地点第二次摔倒,即使跌倒了也要自己爬起来,没有人生来就应该怜悯你,没有人生来就有义务来安慰你、告诫你、解救你,能够拯救自己的,其实最佳的人物还是自己,因为自己才是可以最了解自己的人。

可以被欺骗,但是一定要能够承受得住气,不要一时冲动地就跟被人翻脸,因为生气根本就没有什么实际作用,做好自己就应该少生气,更不要闷闷不乐,那是一种不好的根本就无用的状态,保持一份宁静的心态,人欺骗我、人忠诚于我其实都是能够接受的事实,因为人的质量本来就是有很大差别的,人世间的是是非非的出现是理所应当,也是顺其自然的。

可以被无理取闹,但是一定要有耐得住别人的血口喷人的淡然和安定,一定不能把自己气死,因为别人根本就不可能把自己气死,能够气死一个人的只有自己,那颗懦弱的内心就是最应该受到谴责的事物,其实我们最应该做的是鼓励自己,不断提高自己的应对紧急情况的能力,形成一种宠辱不惊的心态,这才是我们最需要做的事情。

可以被别人安排命运,但是我们一定要在原有的轨道上有自己的想法和随时做好反抗的准备,因为生命的长度太短了,我们要有自己的生命宽度,这就需要我们学会不断挖掘生命的本质,不断丰富自己的生命,不断升华自己的价值,把平常的事情不断榨取营养价值,又能从外界吸取自己原先没有的营养。

可以被诽谤,但是一定要守住自己的道德底线,因为道德底线是自己的生命防线,不能被任何人突破,要做一个可伸可屈的人,别人都只是生命的过客,其实自己也只是现实世界的一名过客,大家的生命本质其实相差不远,真正相差的是一个人究竟如何让自己的生命表达特征和个性,如何去应付事情,如何把没有希望的理想变成可以搬进现实的梦想。

可以被压迫,但是一定要记得反抗,最好是无声的反抗,保持沉默其实是对于那些杀人不眨眼的语言攻击最好的反抗,要让自己的身份和姿态降低,不要跟别人比高尚,做一个敢于接受事实的人,可以被压迫却能够没有任何抱怨地生活。

可以被炒作,但是绝对不可以自己捧起自己,不可以自己翘起尾巴,我们都只是还在世或者已经去世的父母心中的孩子,我们都是一群需要不断提高自己的孩子,没有谁能够一次就成功,成功不能一蹴而就,成功都是一点一滴积累起来的,既能够顶得住批评,从批评中找到努力的方向,又能够顶得住表扬,把别人的恭维的本质撕破了,其实自己根本就没有什么能耐,有的只是需要不断磨炼的心灵,以及需要不断提高的实力,人的极限是存在的,但是人类往往容易被虚假的极限所欺骗,蒙蔽的双眼根本就难以分辨是非,模糊的双眼根本就难以区分黑白。

可以什么都不做,但是一定要呼吸,生命就在一瞬间的呼吸之中,如果不想活了,那可以不呼吸,但是只要你继续呼吸,也许你可以在接下来的某一个时刻意识到自己这样的状态不能够持续,你就有可能力挽狂澜地集中精力把自己的心思全都投入到自己愿意奉献毕生精力的领域,只要生命还在,我们的希望就还在,我们未来就有可能在经历黑夜之后见到光明,我们就可以让黎明的光亮照亮黢黑的心房。

可以不说话,但是一定要思考,因为不思考就会让脑袋生锈,脑袋生锈了就会让我们思维阻塞,让我们的生命出现很多原本可以避免的缺陷,我们要用最快的节奏和最有效的方案去制止自己不正确和不合理的行为。

可以不写作,但是一定要想象,因为想象力是一个人不能够缺失的一种能力,现实中有太多的不如意,我们可以在想象中把未来描摹得合乎自己的要求,我们可以在想象中看到自己的希望,我们可以在想象中坚定自己的信念,我们可以在想象中做一场白日梦,鼓舞我们的士气,让想象的正面作用对我们产生巨大的推动作用和正面效应。

可以不写书,但是一定要读书,因为书籍里的知识是人类进步的阶梯,失去了知识,人类就会变成没有文化和素养的野兽,没有知识的更新,人类就会止步不前,到最后一定会倒退,一定会被时代所抛弃,没有书籍滋养的人类,是一个野蛮的群体,书籍是滋润干裂心灵的润滑剂,书籍是治疗心病的最佳药物,书籍是沉淀自己的思想的最好的存在,失去书籍我们将变得不堪入目。

心不在焉的境界

我们经常听信一句话:理想很美好,现实很骨感,生活很残酷。当我们面对生活派来对付我们的实力比我们强几倍的敌人时,我们便会不自觉地处于被动,极有可能沦入心不在焉的行列。

的确,生活会不经意地把许多碎石子丢到我们事先并未设防的心房,给正在时空里摸索成功的我们或大或小的一击。生活确实充满着各式各样的变数,有时候会让人极其无奈,其表现之一便是让人心不在焉,虽然肉体做着此事,但灵魂却不知道自己究竟在想些什么。

　　事实已经证明,人抵挡生活的进攻的能力是有一定的限度的,就像一个人不能长期处于高强度的工作状态,强度太高加上时间太长会让一个人处于无比劳累的疲软状态。心不在焉便是在一个人经受了高强度或长时间的自我折磨或他人折磨过后的一种心境。

　　许多学生为了充分利用课后时间备战高考,夜晚打起手电筒看书看到凌晨一两点,第二天早上由于睡眠不足,上课的状态无比糟糕,听不进老师讲课的内容,然后开始打瞌睡,天长日久,这变成了一个恶性循环。即使有很多学生在上课时还是睁着眼睛,但精力和注意力根本就不在学习上,而是放在了补充睡眠上,这个有趣的心不在焉现象被许多学生美其名曰"钓鱼"。这里的心不在焉是由于身体疲惫和心灵劳累造成的,是一种没有魅力可言的心不在焉,因为它太普遍了。

　　把书本捧在手上,然后闭上眼睛,打起呼噜,这是典型的装模作样的心不在焉。人们往往为了避免外界对他有不利于他的言行,会聪明地用其他事情的主体掩盖自己正在做的另一件事情的主体,目的只是转移别人的注意力,避免出现尴尬的局面。类似的心不在焉还有,周末到了,有的学生带几本书回家,然后回到家把书扔在书桌上,接着就不碰这几本书了,而是做其他好玩的事情了,这里的书本就成了修饰,给这些爱面子的学生的脸面贴上好学生的标签。其实,这一类心不在焉算一种另类的欺骗,骗得了别人,却永远骗不了自己,这是这个心不在焉最大的悲哀。

　　数着数着钞票,数了快一个晚上了,然后数钱的人竟然睡着了,睡在了钱堆里,这是一种兴奋到极点然后无法跨越极点的心不在焉。与此类似的醉酒驾车,驾驶员失去了清醒的意识,无法跨越醉酒的极点,注定会

思想的子弹

心不在焉，最后有可能肇事撞人撞车甚至把自己的老命搭上。这一类心不在焉的共同之处便是人本身的抗拒极点的侵扰能力太过有限，是人为力量无法战胜自然力量的表现，是比较有趣的一类心不在焉。

还有一种应该被冠以褒义之名的心不在焉，一个人为了追求最高的理想，可以忘记时间，忘记了劳累，忘记了伤痛，只知道无比坚定地往前走，不计较遇到多少困难，他完全处于一种可以容纳各种干扰和侵犯的状态，他早已做好迎接这些敌人的准备，成绩对他来说已不是最终的追求，过程的踏实程度和精彩程度才是他最关注的对象。这种心不在焉是属于成功者的心不在焉，是境界最高的心不在焉，其余的心不在焉跟这种心不在焉相比，是一个地下，一个天上的天壤之别。

无论世界怎么捉弄我们，我们都有机会体会到心不在焉的威力。虽然说级别不到别瞎闹，但如果把精力都挥霍在贬义的心不在焉上，短期的持续是一种无知，长期的持续却是一遭罪过，而长期地让自己处于褒义的心不在焉，我知道这是一种势能的积蓄，迟早有一天它会爆发出巨大的威力，或推倒一座山，或使得一片海枯竭，它是一股化腐朽为神奇的巨大能量。

其实，在很多事情里我们所处的级别，高与低，耀眼和黯淡，只在一念之间，境界也只是内心的一种强大爆发力的扩散和延续而已。把恶性的心不在焉培养成良性的心不在焉，不仅境界不一样，就连自己都能把自己感动得心脏产生一阵阵的震动，岂不两全其美？

心灵的脆弱很可怕

思想的子弹

一颗不敢经历黑夜的黯淡的心灵，又有什么资格去经历白天的光明？

一颗不敢攀登雪山的心灵，又有什么资格去摘取冰峰上的天山雪莲？

一颗不敢在沙漠里坚持寻找绿洲的心灵，又有什么资格去创造生命非凡的价值？

心灵是一个人思想的控制制动机关，如果这个机关失去了调控的能力，那一个人的思想就会变得很脆弱，心灵的脆弱加上思想的脆弱，一个人的身体就会很自然地变得脆弱。脆弱是从内心开始的，内心不够坚强，所有的东西都可能成为让心灵受伤的异物。

心灵不够坚强是很可怕的，小马过不了河，就是因为它的内心对河水的深度捉摸不定，不敢亲自去尝试。于是它的身体也跟着心灵一样变得脆弱了，原本也许可以克服困难的身体就这样白白浪费了发挥能力的机会。小马在犹豫中徘徊不定，最后因为心灵对于挑战的畏惧，还是放弃了过河，足见心灵坚强对于一个人的成长有多重要。

一个人没有勇气接受批评，是一种心灵的软弱，因为所有批评的实质都是对自己成长的呵斥与关爱。一颗敢于接受批评的心灵,其实就是一颗坚强的心灵,它不在乎自己的现状如何,只在乎一步一步通过接受批评和在批评中汲取最大动力去塑造一个崭新的自己。

　　一个人有太强烈的虚荣心想要得到表扬,在被表扬之后又不懂得收敛自己,太过高调地学习和生活,容易陷入一种徘徊于原地的误区。没有抗表扬的能力其实就是一种心灵的脆弱,这种脆弱极有可能让一个人因为取得了小小的成绩,然后变得找不到从前那种干净利落的提升自我的状态,像乱飞乱撞的苍蝇,难以拥有一种进取的正能量。

　　但人心都是肉做的,再坚强也无法强过水泥地板,无法强过钢铁石头,人心总会有出现脆弱的时候,人性的弱点之一就是具有变得脆弱的趋势。而真正坚强的心灵,在陷入一种畏惧感之后,会很快地又找回自己的精神支撑,很快地提醒自己要从心灵脆弱的泥淖中挣扎出来。懂得心灵自救的人,其实就是拥有坚强心灵的人,可以将在别人眼里是可怕的情况转变成普普通通的可以游刃有余地应对的局面。

　　不怕有神一样的对手,就怕有一颗软弱无能的心灵。对自己潜力的怀疑,对自己条件的不自信,对自己能力的不支持,把外界的困难想象得个个都充满无法战胜的可怕元素,那才是最可怕的,因为身体的残缺和物质的缺乏对人的迫害,远远都及不上内心的脆弱洒下的那道心理阴影。

有时候，最可怕的敌人是自己

我相信很多人从来就没有把自己当作敌人，而是把自己的竞争对手当作敌人，其实这是不全面的观念，因为有时候，最可怕的敌人不是别人，而正是被自己忽略的自己。

也许有的竞争对手的确很厉害，他们能呼风唤雨，他们拥有各种绝招和撒手锏，甚至有学习工作上的"屠龙刀"和生活中的"倚天剑"。他们的高超技艺可以让我们出现一阵寒战，甚至是让我们胆怯如鼠得不敢与对手交锋。这就是一种对对手的惧怕，以及不敢接受现实并且不能够清晰地分析对手的优势和劣势的典型做法，有这种想法的人，最终大都会因为失去该有的勇气陷入失败的泥潭。

但反过来想一想，我们也是别人的对手或者敌人，难道我们就没有可能练就学习工作上的"屠龙刀"和生活中的"倚天剑"吗？我们当然有可能将它们练成，并且还可以多练"蛤蟆功"抑或"华山剑术"。到底能练多少，关键还是要看自己愿不愿意练，自己到底有没有全心全意地发掘自己的潜能。很多人在还没有努力之前，就认为敌人已经很强大了，自己便产生畏难情绪，认为自己难以超越对手，于是内心出现一道难以跨过去的坎。

思想的子弹

那道内心难以跨过去的坎，其实就是自己不够重视自己，自己瞧不起自己，自己的潜能开发计划被自己的胆怯和自我怀疑给拖延了，自己的信心被自己内心的障碍击溃了。这时候自己就成了自己的敌人，并且自己对自己造成的负面影响越多，自己就是自己越强的敌人，一旦自己把自己的希望扼杀，那自己就成了杀死自己未来的罪人了。

在你进步的时候，别人可能也在进步，效率比自己高或者低，但是我们能做的不是去用心观察对手，也不是去嫉妒恨对手，因为允许我们去努力的时间是有限的，进步的时机不早点抓住，迟早是会溜走的。我不否认"知己知彼，百战不殆"这个名言，但是我们最需要做的当然是告诉自己要把自己当成自己最好的战友，自己关心自己，自己爱护自己，保证自己所做的一切都是为了不再害怕对手和敌人，让自己的每个方面的应对能力都相应的得到提高。

我们应当知道，不怕别人瞧不起，不怕别人侵犯自己，不怕别人污蔑自己，只怕自己瞧不起自己，只怕自己也跟着别人侵犯自己，只怕自己也跟着别人污蔑自己。我们的灵魂有时候是很古怪的，它们也需要歇息，难免就会出现失守岗位的错误，当敌人趁我们的灵魂犯错误，对我们大肆进攻时，我们的防线就会出现巨大的漏洞，那最后崩溃的结果就难以避免了。

如果我们真的不把别人太放在心里，对对手和敌人采取战略上的藐视和战术上的重视，即使最后的结果很难预测或者把握性很不确定，那又怎样？做好了自己是想赢得比赛的最基本的底线，如果自己都做不好，自己都在无意识当中把自己当作敌人，那我们的结果恐怕就是令人无比伤怀的了，那样的生活还有什么值得期盼和等待？

其实操控我们的身体和情绪的主导，就应该是自己。但很多人已经把主导的地位拱手让给自己的对手和敌人了，太过低估自己的能力，对自己使用缩小镜，对敌人使用放大镜，其实这是最不划算的买卖。就像长跑的时候,你不能说服自己忍耐住高温对肌肉的考验,不能不断地冲向终点,那就证明你被自己内心的种种不够强大的想法这些敌人击败了,而你极有可能真的难以实现自我突破了。迷失自我是最大的吃亏,没有努力的方向和前进的勇气其实是一定会让人万分后悔的。

当一个人把自己作为敌人来对待,认为自己的一切都比不上别人时,那这个人基本上就要一直失败下去了,即使是幸运之神前来眷顾他,也难以挽救这样的落寞灵魂。但细想起来,人的这一生就这么短暂的几十年,如果拿出十几年的时间来害怕别人和伤害自己,那还了得?

把自己当作敌人,是一个必须被自己唾弃的战术啊,不要为了满足你内心弱小的懒惰和荒废而错过了勇敢的机会。一旦错过,想要把自己当作战友,用心和用力地挽回与补救,那是何等的高难度啊!

有一种低迷的感觉

很多人都搞不懂为什么自己很想把某一件事情做得很好,结果做的时候自己心里一片郁闷,没有什么劲头继续做下去,甚至有放弃的念头。一个人的期望值是有一定极限的,对于自己的期望度太高,太看好自己的人,往往会因为思想之弦绷得太紧而把一件原本可以做好的事情做坏,其实这就是一种低迷的感觉,它会在潜力意识削弱当事人的斗志。

自己实力不够,却要求自己一定要经过某种努力而达到某一种效果,内心不够平静和冷静,兴奋变成一种无序的亢奋,外界随意一个意想不到的小挫折就有可能终止一个人坚持下去的意愿。

　　我依然清晰地记得,2008 年市运会我代表县里参加运动会,首场男单我要求自己穿了一件黑色球服,我想我一定要做一次赛事的黑马,于是我根本无法平静思绪,脑子里想的都是成功后的喜悦情形。比赛前夜由于亢奋我的睡眠质量很不好,第二天一大早刚吃完早餐就坐车赶到赛场检录开始我人生的首场市级比赛,结果八九点钟的太阳刺眼的光芒从场馆的顶棚射入我的眼睛,我连失十分,第一局注定要输掉,后半段我根本找不出办法追赶对手。我发现教练和队友的劝导,在一个人感觉犯了大罪过之后是起不到任何作用的,第二局我还是打不出状态来,身体僵硬、动作不到位,结果我被对手横扫。首场重要比赛就这样失利了,我为此极其苦恼。

　　低迷的感觉其实就是不正常的自我感觉,认为自己在自己原本可以胜任的领域里已经不能"发力"了,其实这是没有正确自我定位惹的祸。我们的定位其实应该是不高不低的最科学水平,即使我们已经有很完善的控制系统让自己做好某一件事,但事情要继续发展,往往会遇到意料之中或意料之外的特殊情况,如果原本就做好顺风顺水的准备,那我们要做的事情八九成是要败掉的。

　　有许多小作家朋友也有这样的体会,面对冰冷的电脑屏幕,就是打不出字来,越想把一篇文章写好,越想让自己的文字改变他人的人生轨迹,便越打不出令自己满意的字来。这是符合心理学的发展规律的,作为小作家,知识水平本身就很有限,阅读量少和生活阅历比较浅薄,自身的情商和待事接物的自如度就不够高,出现写作"思路"空白的情况和"思维"短路的困境是在所难免的,况且没有哪个小作家不希望早点形成自己的风格,这诸多因素共同造成了小作家的低迷感觉,于是小作家又要陷入一个个心灵的结了。

低迷的感觉会让原本真实的自信变成虚伪的自信，可以抹杀一个人的天赋。对于可有可无的拥有，我们也可以抱着一种可有可无的心态，做多少就是多少，如果硬性条件规定自己如何如何，那这种心态就会变得像一块易碎的玻璃，一阵风吹过便足以打碎。很多"天才"在小学里被老师灌输"好好读书，好好考试，报答父母"这些"优秀"的思想，并且用试卷考试分数来给他们排名，许多"天才"便聪明地利用智慧，把书本翻了一遍又一遍，把练习册做了一遍又一遍，都为在最后的考试拿个第一名，结果天才们浪费了形成人生观、价值观和世界观最美好的时光，以致让自己的"应试能力"这条腿的爆发力极强，而"生活生存"这条腿肌肉处于萎缩的险境。天才被不正确培养的例子，就是全社会处于低迷状态的体现，大家都过度自信了，认为把试考好就能打天下了，有脑袋的人就知道这完全是谬论。

如果年二十九才养小猪，这一天给猪喂了近一百斤的饲料，只为在大年夜里能吃一头肥猪，大家都能判断这是在地球上暂时根本不会发生的事情。处在低迷状态的人，其实就像年二十九的小猪，纠结的内心总希望自己能遇到天上掉落的馅饼，总希望不受外界丝毫干扰，总希望在短时间里取得不可能达到的成绩，这好比一种事先知道悲惨结局的求神拜佛，低迷终究是低迷，好事不可能发生在"妄想多多"的人身上。

写不出东西，那就捧起书本阅读先哲的文集，读读同辈的成长故事和思想成果，借鉴前辈的写作技巧，这就是及时给失常的自己"充电"，摆脱低迷的感觉，争取早日恢复"阳光灿烂"和"淡定冷静"的心境。

找不到自己心仪的工作，那就四处查找资料，打听新工作的消息，还可以查阅自己创业需要的各种资料，寻求各个方面的支持和帮助，还可以参加创业培训班，这就是在终止漫无目的地浪费劳动力这一愚蠢之举，及时走出让人冒冷汗的郁闷心境，为自己的将来做充分的准备。

思想的子弹

把心理学弄懂，并不是非心理学家所要做的正事，心理学家把精力都用在了研究心理学上了，作为普通人的我们，只需要偶尔做一回心理学家，安定好自己的心思。自己尝试着测试一下自己的心理，尤其要提防低迷的感觉在不知不觉之中入侵我们的领地。切实做好不妄想、不贪图，平淡是真的感觉常相随，那么每时每刻都是人生的好时节。

有一种神奇的状态

作为一个人，本身就是一种存在，存在便意味着一种状态。人每时每刻的状态不太可能完全相同，人总是在不停地变换状态，在变换中寻找最适合自己存在的状态，或者说是找到属于自己的位置，在这种位置里用长时间地生存去造就这一辈子的自己。

在人们努力地寻找自己的位置时，人们会忘了，自己可以有一种神奇的状态。例如一直像自己的偶像那样严格要求自己，例如像神仙那样预料到所有的事情，例如像太阳一样发出光亮、散出热量而不计较得失。其实我们可以有一个最好的自己，但这是理想的彼岸，在到达彼岸之前，我们有一段漫长的水路需要艰难地游过去，这便是我们为什么会希望做一个更好的自己，今天比昨天进步，今年比去年进步，今世比上世进步的原因。

我想说我们当中太多人的眼睛已经模糊了,头脑思考的长度、远度和深度已经不及从前了。童年的时候,我们还可以幻想自己在太空里畅游,幻想自己在海底探索世界上不曾被解开的秘密,幻想某一天自己长上了一双翅膀,甚至幻想自己比爱因斯坦、爱迪生、乔丹还要厉害。可惜现在的我们,在遭遇残酷现实的打击之后,大多已经忘了童年的天真了,对于童年许下的许多愿望,已经没有心力去重燃理想的火炬了。

我还想说,人的一生不是一次百米赛跑,也不是一百一十米跨栏,而是一场马拉松,从一个精子和一个卵子成功结合成受精卵开始,到一个生命停止呼吸为止,这场比赛才真正意义上结束。童年只是一段最轻松的赛程,少年是一段承接童年的赛程,现在我们作为青年,是利用童年和少年时期形成的思维体系、思考方法、人生理念、价值标准和生命追求去创造的一个重要阶段,是我们在人生的田野播种之后需要尽情成长的一个时期。切莫丢弃了自己成年之前还用饱满的激情去期待和追逐的那些事情,不管是为了不愿服从被安排而自己选择自己的人生方向,还是为了满足长辈对自己的殷切期盼和苛刻要求,我们都可以让我们前行的行囊里装好我们一直向往的未来,因为一旦丢失,以后后悔了想要拾起来是极不可能的。

我们如果能做到让不可能变成可能,那就是拥有一种神奇的状态。在满地是水的马路边步行,过往的汽车或故意或无意地溅一身泥水给你,而你又因为今天遭受父亲重骂一顿而失魂落魄,又刚被男朋友宣判要抛弃你时,如果你能平心静气地告诫自己:世界上有很多连锁反应,原子核的裂变和聚变里就有无厘头的连锁反应,如果自己只会抱怨这个原本就不可能公平的世界,抱怨世界上人的质量不是那么的合格的话,那么自己的心情只会像一捆稻草,怨恨就是一把能将稻草烧得不堪一睹的狂烧的火。这于己不利,于人不对的愚蠢之举就要被自己做出来了,真不是自己想要经历的。如果能这样想,不可能就可以成为可能了,神奇的状态出来了,你立马树立起对未来生活的信心,衰极必盛,否极泰来,并告诉自己一切都可以从头再来,要注意不被外界有意无意地伤害,要记住让父亲少生气,要凭借坚厚的实力寻找一个更好的男朋友。

考试失利时,不是揉搓试卷,也不是脑子空空,想不出任何事情,打不起劲来顶住压力,而是强忍内心的疼痛,搁下暂时的面子问题,直面试卷里自己犯过的大错和特错,冷静地改错纠错,并保持一颗火候恰到好处的必胜的信念坚持到最后一场考试,这就是一种神奇的状态。

被人欺骗时,或者骗走了感情,或者骗走了金钱,或者骗走了信心,我们不应该忙着向人倾诉,也不应该忙着臭骂自己这么不清醒,眼睛这么不负责不能将坏人一眼看穿,我们可以尝试着让失去的便失去了,让自己不小心造成的失落远走,留下记忆和意识里深刻的教训,这便是一种神奇的状态,一种可以让自己以后少上当的秘诀。

MSN 上的信息不停地 Call 自己,黄色网页非常无耻地弹出来,又有几万人成为自己的粉丝,又有几百封私信发到自己的账号,中奖信息一个接着一个跃入眼帘时,自己却可以不搭理,也许是明白了只有无聊的人才会把时间打发在网络的闲聊和闲逛上,也许明白了只有低收入、充满怨恨的人群才会在网上这里骂一下那里骂一下,也许明白了虚拟世界真的没有现实世界真实可靠,也许明白了功夫要用在有血有肉的看得见的现实中才能成为有用功,这便是一种神奇的状态,可以让觉悟之后的灵魂拒绝被污染,拒绝被泛滥的世界所同化。

被蚊子大咬一口抢占便宜,被无知孩童用火柴爆玩弄地恐吓,被上司无情地训斥,被朋友明目张胆地背叛,被有私心的警察污蔑,被未查明事实就把责任降落到自己身上的同事排挤,被惊天耸闻的消息剥夺内心的温暖,被制药厂用虚假药材制成的无害假药欺骗……若能在这些苦衷里保持一种无畏的"奸笑",无视这些让人无奈的遭遇,用自己的清心和有作为的表现向它们无声地宣布:我可以完全不搭理你们,因为你们跟我级别相差甚远，要知道级别不到别瞎闹，你们这些小小阻力哪里能够阻拦我这种神奇种状态的步伐呢？这便能呈现逐级上升的神奇状态。

位置，这是一个抽象的词语，它却可以被人感知，被人寻找，被人占据。但位置有好也有坏，也许"好"的人就可以找到并占据好位置，"坏"的人只能困在不好的位置里了。你是"好"的人，世界自然对你好，你是"坏"的人，世界自然对你坏，牛顿第三定律已经清清楚楚地告诉世人了，世界上万事万物的作用力和反作用力除了方向不同之外其他都是等同的。你有一个神奇的状态存在，你存在的世界便是一种充满神奇的空间。

思想的子弹

第六辑

真谛求索

乱的哲学

乱意味着不整齐，可以指心情上的凌乱，可以指摆设上的凌乱，亦可以指道德上的凌乱。

世界上任何东西都是有着从整齐变得凌乱的趋势，能量蓄积了，就要释放出来，而干净整齐的东西往往就是有太多的能量，到了不得不发泄的时候，一切都可能会出现乱的情形。

心情的乱往往是从对环境的错误解读开始的。环境当然不可能时时刻刻都顺从着你的意思去发展、去改善，环境必定会给我们制造一堵堵心墙，而容易迷失、容易忙碌的平常人就可能在面临困境时变得无法淡定，心情就容易乱了。心情一乱，思想也就开始跟着乱了，理性失效，身体也跟着乱起来了，动作也开始乱起来了，于是什么状况都有机会出现，因为一切皆有可能。

环境的乱也算是一种摆设层面的乱，社会本来就是外界的一种摆设，可以是动态的摆设，亦可以是静态的摆设。环境太糟糕，人心就容易无法适应，人的各种行为就可能特别的反常，这应该算得上是一种同化心理，糟糕环境里一般人也会变得很"糟糕"，似乎这是不成文的潜规律。

环境的乱会助长心情的乱,心情的乱会把心火燃烧得更热烈,继而让环境被烈火烧得更乱。一旦出现乱的现象,如果得不到及时的警惕和阻止,乱的东西就会越来越多,打个比喻:一面有一个裂缝的玻璃镜,因为有裂缝而变得更容易被打碎。人也一样,乱的现象可以传染,乱的情绪也可以蔓延。

所有的乱最后都可能升级到道德的乱,甚至上升到法律的乱。毫无疑问,乱越早被发现并终结是最理想的,但事实往往不是这么尽如人意的,很多人都会一直乱下去的,比如说,学生堕落,社会青年抢劫作案,低俗之人深陷畸形恋情,为了达到某一种目的不择手段,可以卖身、卖艺、卖国,要让清醒的意识植入乱的人的血液,似乎比克隆地球还难。但乱也是正常的,因为人本来就是由一些元素组成的个体,自然就要遵循自然界统一的有变乱趋势的规律。

"乱"似乎可以得到原谅,乱真的好像情有可原。但是乱的确会造成很多负面影响,乱过的人必定会在记忆的残影里挣扎,乱的历史会让人到了一定的觉悟年纪例如不惑之年感慨万分。即使别人可以再怎么原谅自己,自己也极有可能不能原谅自己。"乱"既伤害别人,又伤害自己,并且乱得越深,伤得就越深。

谨记:乱不是好东西,但不乱是不可能的,永远不要因为点滴小事的麻烦或者环境的暂时不如意而遗忘了自己的理性,在做出一切决定和一切行动之前,至少应该考虑每件事情的最坏后果,把它作为自己内心乱的性状表达的抑制剂,那么乱就可能暂时无法乱下去了!

人很渺小，但可以活得很伟大

　　相对于地球，相对于群星，相对于太阳，相对于月亮，相对于宇宙，人是渺小的，人只是地球上面的一种生灵。

　　说人渺小，还因为人的能力还很有限。人不能飞，人只能借助飞机让自己飞起来；人不能冲出地球，人只能借助宇宙飞船进入外太空；人不能像太阳一样发光，人只能发明电灯照亮黑夜；人不能从源头处制止雷电，人只能发明避雷针让雷少伤害人；人不能不吃东西就能生存，人必须捕食和吸收营养物质才能继续生活。人的能力还没有强大到可以控制整个宇宙，人的能力只能限于想办法借助外力来体现自己的聪明和智慧。能力极其有限便是人类的渺小之处，聪明和智慧便是人类能够活得伟大的重要条件。

　　是我们选择了这个世界，还是这个世界选择了我们？自从我们的精子和卵细胞发生化学反应之后，我们就战胜了许许多多跟我们一起奔跑了两天两夜的精子，我们生命的起源，就在一个肉眼并不能看见的精子和卵细胞的神奇般结合，这样看来原始生命该有多渺小。既可以是我们选择世界，因为我们当初用最快的速度和最激烈的热情冲到终点，即诞生新生命的起点；又可以是世界选择我们，因为是世界在给我们机会，包

思想的子弹

114

括成长的机会和活得伟大的机会。但不管最正确的表达是什么，人类的身体始终是渺小的，因为人类来到这个无比宏大的世界，体积根本就比不上各种星球和宇宙星体。

我们可以承认自己作为人类之一，在宇宙中确实很渺小。但我们在地球上，身形不算太小，起码还能在食物链里占据老大的位置，这说明我们还懂得在渺小的范围里，有很强烈的富含自尊感和让别的生物敬畏的存在感。作为地球上最聪明的生灵，人类一直在尝试着让自己活得伟大起来，比如，不断发明许多这个世界上以前不存在的东西；比如，不断发现这个世界上以前并没有被发现的事物；比如，不断开荒垦地、植树造林和耕田种菜；比如，记录思想精神和经典故事；比如，战胜许多天灾和大难等。

清楚了人类活得很有尊严的事实，我们便应该知道我们和世界的关系是相互制约的，世界本来就是要先造出人类，然后让人类去改造世界的，世界需要人类去改造，人类也需要通过改造世界让自己成长起来。这种制约本身就是一种精神的支柱，世界需要拿它来管制住人类，人类需要它作为行为准则。人类在这样的规定里做出尽可能有意义的事，于是相互的制约为人类能够活得伟大提供了行为约束上的支持。

我不清楚每一个人是否都知道一般的伟大都是由无数的渺小堆积起来的，但我们明白穿石的滴水，它们不断地坚持穿石，日复一日，年复一年，石头终会被滴穿。长期的坚持便是一种精神，即使水滴很渺小，穿透力极其弱小，但水滴可以发扬坚定不移和坚持不懈的精神，让自己的形象从渺小中变得伟大。人也是这样，如果不能够长期地坚持自己的理想，人终究不会活得精彩，更无法活出伟大。

人类并不能把整个地球都控制住了，起码人类不能够发明时光穿梭机实现时光倒流，但人类可以告诫自己珍惜时间，珍惜眼前人，想好心里事，做好手上事。在有限的时间里充分地利用自己的现有能力不断地培养自己的精神,努力把自己感动,并且不断发扬下去,在自己喜欢的领域里做出一番成绩,这样的一个由许许多多小过程组成的大过程,我想是会让人的生活伟大起来的。不管功绩是否伟大,但人类凭借智慧和行动去创造和坚持的良好精神,是应该被称之为伟大的。

我们可以把星星当作我们的目标和榜样,在内心做自己的星星,照亮自己内心的每一个角落,让自己的阴影全部被驱散,让我们每天的生活都充满希望。适时适地的自我暗示也是一种忘记自己渺小和警告自己活出伟大生命的方法,我们不可能总是保持清醒,我们需要不时的自我提醒和他人告诫,我们才可以把自己的渺小看得很轻,把自己可以活得伟大的可能性变得更大。

人的渺小还包括人最终是要死去的,人不能服用长生不老或者免死药,人只能无条件地接受死亡的最后条款。但人完全可以把握这短暂的一生,做出许多精彩的事,把衡量伟大还是渺小的标准定在精神和思想的成长上,不要在乎自己的体积大小与过往的得失,把更多的注意力都集中在新的每一天,创造出不一样的生活方式上。

人类应当明白,作为一种渺小的存在,改变不了自己的外形,那就改变自己的思想、观念和意识,有活得不平凡的思想,有活出伟大的观念,有活到老学到老、不断积累精神财产的意识。

人生的价值不在于长度,而在于在有限的生命曲线里画出充满神奇色彩的弧线与轨迹,把渺小当作不断让"身心"变大的不竭动力,注重生命的宽度和深度,这样才能真正摆脱"渺小"的"烂帽",才能让伟大也成为自己的标签。

思想的子弹

人生无真谛，只有不断地得到与失去

　　我们失去昨天，是为了得到今天；我们失去今天，是为了得到明天；我们失去童年，是为了得到青少年。我们一直在失去，也一直在得到，这足以概括人生的过程，所有片面的概括都是一个个特例，人生即得失与得失之后的感与悟。

　　我常常会想父母亲勤奋地打工挣钱，他们为了得到一个心满意足的理想，让我和哥哥都顺利地完成大学学习，并且开创一份事业，他们失去了最珍贵的青年时光，失去了健康的身体。这是一种非等价的交换，父母的失去是一种因为爱而做出的让人觉得值得感恩的牺牲，换来年青一代的身强力壮与新的家庭新的气象。这是一种轮流体验生命的过程，因为血缘的线绳，我被温暖的故事详细地用无声又无形的文字描写了。

　　一个病人大腿骨折了，失去了健康的身体，却能得到精神和心灵的磨砺，这何尝不是一种交换得失的人生？病人花钱治好了病症，失去纸币或者存折的数目减少，就是为了得到可以正常生存的身体。好比鱼和熊掌不可兼得，抛弃其一而取更需要的一者，是一种必然的抉择。

　　人的岁月轨迹里如果只有得到或者失去，那这是一个变态狂或者非人哉。人是可以相互给予和索取的，犹如一句话，犹如一个微笑，犹如一个手势，哪怕是直面相对，都是一种互相的交流，交流有得有失，得到新的有用或无用的消息，失去一些精力和能量。

再自私的人逃不过失去与得到的规律的左右。自私不一定是坏事，人本来并无对错之分，因为对可与得和失同时相应，错也可与得和失同时相应，这是自然界发展的很正常的规律，一直都摆着的世界运动的轨道不会轻易地说改变就改变。

我们可以碾压一只蜜蜂，可以得到一份不被蜜蜂蜇疼的安全感，享受春天的寂静花香，却不经意地失去了与蜜蜂在花园里共舞的良机，如此两种相反的选择，其动机当然是主体瞬时的意念和临时的决定，得失自然不同。

每件小事都在证明人生的高度概括：人生无真谛，只有不断地得到与失去及其给人的感与悟。

思想的子弹

少点怨言真的是好事

我们的心灵容易因为身体的劳累而变得疲惫，我们的怨言容易因为自己管不住自己的过度感性而飞出来，其实作为一个过来人，作为一个吸取过抱怨的教训的人，真心觉得少点怨言是件好事。

少点怨言，就可以多一份清净，或者说在内心保持平静，既不冲动，也不怠慢。那些用于抱怨的时间，其实都是我们宝贵生命力的一部分，抱怨只是把自己的不满或者某些个人情感因素造成的郁闷与不解吐出来，其实我觉得抱怨还不如写下来更有效。一个人尽情地抱怨的时候，情绪是会相互传染的，而写下来进行反思和忏悔，仅仅是自己一个人的事，是自我修炼的一个过程，写下来其实更能让一个人身处的环境保持一份宁静与和平。

抱怨之后，也许心里会好受很多，但是你会给聆听你抱怨的人留下深刻的不好的印象，这是我们应该考虑到的负面影响。一个真正能够坚持到最后并且取得成功的人，他是不会随随便便就抱怨的，优秀的人会把自己遭受的挫折所带来的教训牢记在心，以实际行动争取做到下一次不再犯同样的错误。而我相信我们对于成功都有着向往和憧憬之情，少点抱怨对于奠定自己最后取胜的基础的确是一件好事。

可以这么说，比抱怨更理智或者更能促进自己成长和成熟的手段还存在，而抱怨不是我们最佳的选择，偶尔的抱怨可以，但是我们在更多的时候和更多的场合理所应当把内心的不爽作为自己的教训，然后把教训化为自己向前进步和向上升华的力量，我想这才是我们要成为一个杰出的青年的衡量标准。

无论如何，我们的生命权和决定权都掌握在自己的手里，你对自己的管理是你自己对自己负责的，怨言很多或者少点怨言，是坏事还是好事，我相信每个人都有属于自己的选择。

生活原本就是一场马拉松

生活不是短跑，生活不是短暂的刺激和短时间的体验，生活的时间应当是有周期性的，并且周期的长度不会太短，它可以由一个个的微型马拉松组成，最后变成一个系统的全程需要用一辈子去坚持的巨型马拉松。

生活原本就是一场马拉松，没有谁可以一蹴而就便能够到达人生的巅峰。如果谁因为一次小马拉松的胜利而得意忘形得遗忘了自己来到这个世界的最初使命，或者因为失败而完全失去信心不敢再去追逐自己的理想，我想这样的生活很快就会变得黯淡，生活的色彩会很单调，没有一点激情和期待与超越的生活不可能精彩。

既然是马拉松，就不可能一直都用最快的速度去奔跑。如果起跑都用尽全力，把开始阶段当作冲刺阶段，那一个人的精力很快就会用完，漫长的旅途上，这样不科学的起跑者难以做到善始善终，很容易就被别人超越了。有序而有节奏的起跑、加速或者匀速，是我们生活的风格，如果风格不适合自己，最后倒在旅途上是无法避免的遭遇。

相对于伟人和名流，我们依旧是落后于他们，这是历史遗留的问题，我们无法改变历史。我们理应向伟人和名流看齐，毕竟他们成为伟人和名流,是有他们的精神在给我们的社会注入一种镇静剂、催化剂,让我们这些生活的追随者或者体验者有一种意识去思考我们关于生活的问题。

其实,伟人有伟人不为人知的藏在背后的那些缺点,名流有让人无法看透的另一面,伟人和名流都是经过社会舆论的特殊加工处理而产生的一个群体,有一定的神化色彩。如果哪一天伟人和名流也因为在生命的前段太过快速地前行而停止了前进,我们可想而知,这样的伟人的名流只能是暂时的,时间这把剑很快就会将他们斩于马下。

何况是我们只是些普通人,时间的利剑是不会对我们有任何同情的,如果跑得不对,生活的观念不合理,那时间绝对不会对我们有任何的宽容。我有一个假设:如果把自己当作榜样来雕琢,给自己的灵魂和思想补充营养,不断地给自己的生命之树浇灌水分和肥料,把改造自己作为一项由无数小型马拉松组成的大型马拉松,那我想我们想到的还是有可能被我们实现的。如果你想继续跑,如果你相信自己的体力,世界是会为你让路的,你面前所设置的障碍都只是一些摆设和假象,而推倒这些摆设和假象的人必须是意识到这些理念的你。

我不知道幸福是什么,但是我知道每当我经过一次努力的奋斗并取得不错的回报,自己把自己的内心感动了,思想进步了,视野开拓了,心灵强大了,身体疲惫而心灵更有精神了,也就是成功完成了一次小型马拉松,那种感觉特别的美好,有一种特别的仅仅属于自己的优越感,在我心里这就是一种最纯白的幸福。

而更大的幸福,便是不断追求扎扎实实地在生活中自己喜欢或者已选择的世界里跑完更多的小型马拉松,把小幸福积累起来,珍藏于内心,让幸福越来越能把我感动得落泪。

生命里的红绿灯

聪明的人类发明红绿灯的同时，也在暗示不够聪明的人一个道理：生命里也该有红绿灯，否则一个人的生活将会变得无序、糟糕和乱套。

聪明的人不愿意自己把这个从人身上提取的经验——有规律地做事、有顺序地度过人生这个道理直接告诫世人，聪明的人便选择了等候不够聪明的人自己去感悟，因为人们每天都要与红绿灯打交道，能不能明白这个道理，只是时间的迟早问题，每个人毫无疑问都该有这样的造化。

我每经过一次红绿灯，我就要叩问自己一次：自己的红绿灯还正常吗？我得到的答案是很复杂的：有时候一切都很正常，生活很有规律；有时候因为有一些细胞和想法不遵守"交通规则"，我的生活变得很乱，好长一段时间的休息和睡眠被打乱，生活的质量大大减弱。

得到这样的答案，我自然变得心情沉重。想想那些因为不听从红绿灯指示的人，有多少已经因为违反交通规则而被罚款，又有多少已经因为交通事故而死亡了？我越想越感到一阵阵的不安，我是不是应该对自己的生活进行思想的指导和引领，然后学会命令自己一定要让自己的红绿灯发挥威力起来？我是不是应该对于自己不遵守"交通规则"而给

思想的子弹

122

自己开比平常更加苛刻的罚单？

我的答案是很肯定的。虽然很多人和我一样，一直都没有明白自己生命里还有一个功能强大的红绿灯，他们也会因为苦恼出现时，心情难以平静，心境处于麻木状态，变得不听从红绿灯指示，然后便有闯红灯的罪过。但是我既然明白了红绿灯的存在，就是为了让我的生活更有序，我为何可以当它不存在呢？

我必须要痛定思痛了，重新检查红绿灯的编写程序和大脑控制程序，然后再检查它的安装线路和"电能供应"。一切都检查好了，我的心好像多了一个安全护符，每遇到一件事情，我都会先在红灯前听话地停下，然后再决定是掉头还是前进。

看着前面的红灯时，前面的人行道上的人流匆匆涌过，我想如果这时我是一辆"冲动"的大货车，我一冲而过，那要酿造多大的一个悲剧呀。而每次我们因为冲动打人或者做一些不经过大脑思考就着急去做的重要的事，不正像这个可能会发生的悲剧吗？冲动的确是魔鬼，要想把魔鬼压下去斩首或击毙，那就需要自己学会克制自己，让生命里的红绿灯发挥起该有的作用来，容不得自己有任何的私心。

晚上又有了熬夜的念头，就像真的想要把生命里的红绿灯的电源供应切断，然后一路向前奔跑到远方。或者刻意修改红绿灯的作用程序，让跟自己不是同一车道和方向的车辆永远面对红灯，而自己永远都是面对绿灯。其实一辆车所能装载的汽油或柴油是有限的，一个人的精力和能量也是有限的，如果非要一直奔跑不停，那车辆非报废不可，一个不懂得"动静结合"与"有前有后"的生命，非奔跑得再也跑不动或者直接体能透支不可。那些通宵族出现脑溢血的惨烈状况，便是对这个比喻的最好验证。于是，想到这里的我很快就打掉了熬夜的念头，我必须要让我的红绿灯的功能正常地发挥起来。

要学会像红绿灯一样能够报时，能够让自己生命里的"司机"清楚自己离出发和停止的具体时间,精确到秒,一个人的生活才会有序。是掉头还是前进,是直闯红灯还是等待绿灯,是选择让红绿灯失效还是让红绿灯一切正常,这一个个问题关乎我们的整个生命过程,也关乎一个不够聪明的人能否变得聪明起来这一个严肃的话题,绝不可以被忽视。

时期的对应性

思想的子弹

有没有想过,有一天我们把生物钟打乱了,我们的学习生活变成一团糟,甚至是迷失方向,我们会有怎样的心态?

时期的对应性,我们也许比较少关心这个抽象的说法。生活在进行,时间在流逝,我们是否在每个特定的时期做好特定的事情?还是在特定的时期做与这个时期完全无关的事情?

我们忘了太多勇敢,玩了曾经太多的麻木与教训,有时候会进入一种茫然的状态。我们习惯了流浪,习惯了默默地迷失方向,这是一个磨炼人的熔炉,也是一个可以让人消极怠慢的熔炉,我们身上有两类基因,忽略时期对应性的我们便把胡乱的基因给表达得多了。

或许现在的勇敢都是一些虚假的勇敢,可以称之为懦弱,而我现在便成了一个懦夫。我可以说对不起自己,但是对不起又有什么用呢?光是对不起,只是语言上的修饰,更大的伤害,还深深地埋藏在内心,内心有许许多多的疼痛的定时炸弹,我害怕下一秒,我就会被它们炸得粉身碎骨。

　　遗忘时间的原始规律和毫无规律毫无节制地浪费时间,确是一种罪恶。并不是对不起自己,而是对不起上天对我们的眷顾,一个生命从微小到现在的壮硕,是多么不简单的一件事情,时间是永远都不会疲惫的,而我们远远落后于它,这很容易让人心生恐惧。

　　我承认我经常叹息,是因为我很难抓住时间,好好做自己应该做好的事,没有在时间的特定区域里做好特定的事情。我错了,我不能把自己的前途当成儿戏,我知道这样的玩笑是会让人丧志的,更会让一个原本无比美好的梦想化为碎掉的幻想。

　　时间是最不能被我们瞧不起的伙伴,我们的脚步永远都比不过时间的迅速,但我们不必在时间前面低头,因为时间很愿意和我们一起奔跑,时间大概愿意珍惜和它一起自强不息的人。我们要敢于循着时间的节奏,找到属于自己的模式,好好提升自己的时间利用率,最好明确一个时期对应性,这便可以避免我们的无聊的滋生,防止堕落的重现。

　　即使以前跟时间相处得不好,自己的内心被无穷的郁闷和自责包绕着,但留得青山在,要生火还是不晚的。时间大概可以原谅一个对它不好的人,时间像大海,所以时间之河可以不停地流动,我们也将在河流里寻找生命的价值,这便是普遍的生活。

死亡的恐惧与不恐惧

　　每个人都要面临与世界的告别，那就是死亡。在我的百科全书里，死亡有两种，一种是身体即肉体的死亡，一种是灵魂即精神的死亡。

　　死亡在很多人的脑海概念里是十分恐惧的，跟死亡相连的首先是鬼，很多人认为这个世界上有鬼，于是很多人会很惧怕死去的人，认为靠近死去的人就等于跟鬼近距离接触，然后鬼就会上身，要来伤害自己了。这是多么有趣的惧怕死亡的表现呀，但世界如果真的有鬼，那早就有科学家有浓厚的兴趣去研究了，可是至今新闻媒体都没有报道过哪一个科学家真的发现了世界有鬼，反而是心理学家站出来说话了："活在有鬼世界的人，都是心里有鬼的人"。

　　的确，我们都知道死亡并不等于鬼，鬼只是一个拿来吓人的模糊的符号，如果揭开鬼这个并不神秘的面纱，那死亡也就变得不那么令人感到恐惧了。要换个角度来看待鬼的存在，我认为鬼的存在是为了让人们表现出一种对死者的尊重和敬畏的态度，不知道是哪位先哲发明了鬼这个说法，并且一直沿用至今，而且鬼的确让很多人对死者敬而远之。看来，死亡的恐惧对于没有死亡的人来说是暂时的，它的存在会因为鬼的说法而逐渐变得不那么令人恐惧。

思想的子弹

我们应该感谢鬼这个说法，同时更应该感受到死去的人在即将死去时的那种剧烈的"疼痛"。生命只有一次，正常情况下，死者在死去的时候当然希望自己能够免死，最好是在母亲的子宫里重新开始孕育，这足以让我们体会到生命的可贵性，同时也让不懂得珍惜生命的人感到羞愧。其实，每一个人的离去，都在告诫我们要好好珍惜生命，生命的存在与不复存在，就在一瞬间的转变，它的导火索可能是你现在生活中的一丝一毫。

身体的死去，是因为脑细胞的死亡和其他细胞的逐渐死亡。身体的死亡，有正常的老死，也有病死、意外之死。死亡也是有一个准备过程的，老死需要生命自身的不断萎缩，病死需要生命不断积累疾患细胞，意外之死需要生命遇上一个"被谋杀"的时机。正是因为死亡需要有一个准备过程，它才具有让人恐惧的作用，人们想要依靠自身的能力去观察自己是否在准备死亡，其实是根本行不通的，这一点让死亡这个过程进行得相对比较隐秘。

比如，癌症患者，大多是死于心理的严重问题，而非死于癌症本身，这就使死亡的恐惧性变大，而死亡来得太快，恐惧所能持续的时间就会很短，对于患者来讲，恐惧已经化为自己的不恐惧了。但也有能够坚强地接受化疗和放疗救治的患者，他可以把死亡的恐惧性减弱，直至将死亡的恐惧变成不恐惧，不但鼓励自己，还顺带教育和影响着身边的人。

死亡对于活着的生命具有教育和引导意义，这一点我们不得不赞同。这就是人的精神死亡为什么一定是滞后于身体的死亡的原因，不管是什么人，他们都是首先身体死亡，然后再精神死亡。

把一个人生前所创造的所有财富都抛开，那么人只剩下一个完全裸露的躯体，还有他这一辈子生活过程里所留下的"精神气息"。一个人死后，他还会给在世的人留下他生前的微笑、哭泣和许多经典的言论，抑或还有他的世界观、人生观和价值观，这些都是他的精神体系里面的重要构架。而在世的人的脑海会不间断地回想起死者生前的每一个生活片段，以及还会不定时间地回想死者的各种对于自己的影响。

送别死者离开这个世界之后，剩下的就是活着的人对于死者生前的逐渐变淡的回忆，这是一个人的精神死亡过程。这个过程会让人们逐渐接受死者的离世，把以前可能接受不了的事实接受了，而这些变化就像一块块橡皮擦，擦除人们之前对于死亡的恐惧，接着这种恐惧会随着时间的流逝而变得越来越淡，最终会变得不再恐惧。

另一个层面来分析一个人的死亡所带给这个世界的恐惧，其实这是人类还能珍惜同胞的一个最好证明，人类并没有沦为"杀人机器"与没有人性的冷血动物，人类依然是富有爱心、集体感和群落意识的一群动物。这样看来，一个生命的死亡并不是那么恐惧，它可以告诉我们人类没有变得连自己的同胞都不珍惜。

对于精神死亡先于身体死亡的人，我觉得是一朵奇葩，因为我还没有见过这样的生命呢。但现实当中确实有很多人的精神已经死亡了，身体却还活着，我们也搞不清楚为什么会有这种怪事。但是我可以肯定，活着的人的精神死亡，只是对于一个个体而言的，他的精神更多的应该是相对于他所生活的世界的人来说的。这样说来，如果一个人心理不健全，那真的就有可能让自己的精神先死掉一部分，然后再死掉身体，最后精神全部死掉。

一个生命的死亡，其实与一个生命的诞生是同样具有历史意义的，诞生意味着一个生命将拥有无穷的希望，死亡意味着一个生命将无穷的希望归还这个世界，等待世界将它交给即将诞生的新的生命。明白了这个自然的过程，对于死亡我们又有什么可恐惧的呢？

思想的子弹

信息反压迫能力

当今世界,什么信息都有,我们每个人本身就存在很多缺陷,时间和精力也很有限,再加上生活中有很多事情需要我们去承担,有很多压力需要去承受,有很多迷惑需要去得到解释,心理有太多问题需要去倾吐,在身边不时地会跳出来的信息就容易让我们的内心变得更压抑了。

信息的量大起来,信息的真实性难以把握起来,就会对每个人的接受能力和判断接收能力带来极其大的挑战。几乎每个人都有可能因为暂时事务太多而无法正面抵挡无用信息,于是许多人都被信息的铁蹄所压迫。

信息多起来,就像我们身边的病毒与抗原多起来,我们自身的"抗体"应付不过来,必定会让身体进入一种非正常状态。各种各样畸形的信息就相当于不断变异的病毒,让一个深陷杂乱信息的浩瀚海洋里的人的防线被打破,一个人自然就会受到信息的压迫了。

有句话说得好:一听广告,就想撒尿,一看广告,就想删掉。生活中有很多广告和信息在没有征得我们的同意之前,就已经进入我们的视线,对我们发起强势的进攻了。尤其是在互联网时代,各种各样奇奇怪怪的软件和网站,信息的控制与传播没有一个原则的约束,受害的网民需要通过互联网得到信息,同时也就潜规则地需要接受各种各样自己不是那么想要的信息。

的确,也许我们已经习惯了被信息压迫,想看的和不想看的信息都在那里,我们也有可能变得无法辨别什么信息才是我们想要的,什么信息我们是根本就不需要的,对于信息我们已经进入麻木状态了。很多人已经把受信息压迫当作很平常的事情,既然不能改变这个情况,那就适应这种环境,把压迫当作一种有趣的事情。

更重要的我们需要好好反省的问题不是信息量如何之大,我觉得应该是一个人的精神家园无法有效地建立起来。信息虽然很丰富,就像供给成长的土壤有很多养分,但不懂得争夺最适合自己的养分的种子和幼芽,是无法依靠富足的土壤资源去茁壮成长起来的,反而会把养分的充足演变成一种灾难。

除了从自身反省和自身的清醒与提升之外,我再找不到比这个做好自己的事情更重要的选择了。我们无法有效改变别人,从我们无法有效改变自己这个铁定的事实就可以得到检验。毫无疑问,我们确实需要从自身开始改变,然后才有改变外界的可能。

在改变自己的路途中,对于信息的反压迫能力是特别重要的一种能力,除了"学习以修身,生活以创造"这个核心之外,对于信息的反压迫就是紧随其后的小核心。我可以预言,如果我们还是以现在的忙碌和无规律的状态被信息任意地压迫下去的话,不用过三十年,一个人的心理能力就会变得软弱,一个人的身体各项功能将会退化得很厉害,一个人的精神会接近一个疯子。

反压迫信息说的就是用自己的信息作为后盾来防守,我们可以有属于自己的不被压迫和束缚的纯正的思考,可以有自己的诗歌乐园,可以有自己的文字花园,可以有自己的精神草原,可以有自己的生命氧吧,当然还必须要有一个属于内心的积极的太阳。只有自己的实力强大起来,

思想的子弹

才有资格去谈如何抵挡这个社会的攻击与压迫。

不努力提升自己，却又奢望有人能够帮助自己去创造一个可以让自己满意的社会，那简直就是一种白日梦。谁知道别人也在等待别的人去帮他或她驱赶现实生活中的不如意，我们依靠别人是不能有一定的保障的，只有让自己作为最坚强的依靠，一个人才能真正地勇闯天涯。

世界太肮脏，我们不需要把精力全都用在清洗外界的肮脏上，因为内心的肮脏更可怕，我们自己干净起来，世界再脏也不会让我们感到非常不自在。而内心一旦拥有自净能力，外界就很快会得到清洗了，这是由一颗干净的内心具有的本质所决定的。

外界信息压迫我们，我们也不必要用自己目前不够坚硬的挡板去抵挡它们的进攻，但是我们可以理性地铸就一种信息反压迫能力，建立一个属于自己的精神家园，与压迫抗衡！

有例外，但极有可能不是你

我们都知道，这个世界什么奇怪的事情都有，什么奇怪的人都有。有的事情能够从我们的视野里突然从危险变得安全，有的人就快要因为癌症死去，却因为医生做了某些手脚而活过来，并且活得比从前都更好了。

世界确实存在一些特例,比如,世界只有一个博尔特,世界只有一个刘翔。地球上的"外星人"是人类里的例外,亚洲的飞人是"中国田径"的例外。按照我的理解,例外都是能让人充满好奇心的假设,并且是已经得到事实验证的一段水深火热的历史。毫无疑问,例外就是一般例子之外的特例,它很少存在,但不排除出现的可能性。

大多数情况下上帝会比较公平地争取把这些例外分布到世界的每个区域,例外一旦出现,它必定会伴随时间的流逝而强烈地吸引人们关注的眼球,因为例外总能给人精神一种美的享受。但我们不应该做这样一个白日梦:自己也是一个例外。这样的白日梦不是随随便便说做就可以做的,做梦仅仅是做梦,而不是真的让自己从普通的行列里因为能力突飞猛进脱颖而出。

我们不知道上天会眷顾哪里的人,所以我们必须做好自己是普通人的心理准备。但我们也要有让平凡生出不凡的气概,因为能为自己的理想坚持到死去的人的确也算是例外。把一切想象得太好,只会让自己容易变得看不清事实,容易忽略要从时间的流逝里榨取我们成长需要的更多的养分。

高调者如果认为自己是个例外,那大多数高调者就不是例外了,因为高调的人还没有谁能够一直撑下去直到生命最终离世的呢!太多人因为高调而失去安静生活的机会,太多人因为高调而丧失清醒的理智,高调者注定不是例外,而是命中注定地将自己的前程投入火海,不再为自己留出应该有的后路。

如果把例外比喻成小概率事件或者接近不可能事件,那我们就容易理解我们为什么需要经常告诫自己:在普通里绽放非凡的光芒,在平凡里创造死去之后才能实现的例外。例外出现的概率实在是太小了,那些偷懒的准备把自己当作上帝眷顾的例外的人,都是一些不务实的等死的人。

如果你真的是例外，我觉得这是一件可贺的事情，但可贺只是暂时的。即使是例外，如果不让自己的强项变得更强，那跟不断进步的对手相比，我们是变得更弱了。况且你现在极有可能不是例外，因为几乎所有人都是小概率事件之外的人，好事不会像天上的馅饼一样掉到你头上，不经过努力和磨砺就把自己当作一块真金子，那真是无知到不可理喻的地步。

如果你真的想成为例外，那还是有机会的。因为你真的还是有千万分之一或者亿分之一的概率可以成为例外的，你现在身心都健康的话，再经过每天的充实生活，可以通过自己的劳动获得足够的物质，可以通过自己经常的思考获得充实的精神，把自己当作一块真金子一样让火来烤，只要你真的下定决心接受"高温炙烤"，那你真的就很有可能显出真金子的特性了。

这个世界有很多东西的潜能是不被任何人知道的，只有经过不断的尝试和磨炼，经过失败和悲欢离合，一个人才有可能变得成熟和稳重，也就是真的把自己"炙烤"成一块真金子，这完全是有可能的。

但凡人都不例外地容易偷懒，只有拥有高度自觉意识的人才会克制自己的偷懒欲，而大多数偷懒者容易让自己变得不思进取，内心出现一片空虚和变得负罪感累累。那人的本性就决定着例外情况极有可能不是我和你，也极有可能没有人，也就是根本就不存在例外。

在我的辞海里，例外是特指非常的成功与拥有无尽的荣耀。而这个世界又有多少人能够成为我的辞海里的例外呢？我知道很多人死后，这个世界很快就没有了他们的消息，亦即他们一旦死去，什么都不留下了。当然，这种情况每个人都不例外，要被世人忘记，那只是时间的长短问题。可问题的关键是，太多的人追求的是华丽而不是朴实，殊不知华丽的花朵最容易凋谢，朴实的花朵最能经受时间的考验。这就告诉我们即使自己是个例外，或者正在努力让自己成为一个例外，不需要让自己变得太过华丽,其实朴实无华才是最好的状态,它可以有一个很长的持续时间。

　　别把时间浪费在得到一个自己究竟是不是例外的答案上,那很不值得。你根本就不知道上帝是否会眷顾你,但你可以让自己眷顾自己,你可以让自己更关心自己,你可以做出更多改变,让自己成为自己成长故事里的例外。

有些疼痛不经意间就来了

思想的子弹

　　有时候突然发现自己还有好多事情没有完成,还有好多预期的计划没有履行,内心真是一片混乱,对于问题的巨大性表现出束手无策的一面,这时候内心的疼痛就很肆意地来了。

　　我抵挡不住那些意外的疼痛,我就是一个容易在不经意间受伤的孩子。因为我还走在以弱小为起点,以坚强为终点的道路上,我在途中就会遇到很多不是我能预料到的情况,我的懦弱也随时会表现,但是我就是在这样的机遇中获取有一定代价的成长的。

　　我承认我看不惯很多现象,但是那些现象我根本就可以不去看,因为看与不看的区别是,我不看我会少受一点伤害,我看了会让自己的心灵多了许多不经意间的疼痛。如果可以选择,我选择离开那些离奇的现象,我需要保护自己,因为我已经受够了。

或许我还是太软弱了,因为一个真正的强者是不会计较自己所处的环境是如何的。强者理应有理直气壮的气质,理应可以拒绝一切事物的消极影响,我正在想着要往强者的方向去发展,可现在的我似乎显得太过急功近利,耐心不够的心灵弱点已经让我无比疼痛。

有很多人的话都是一把把锋利的剑,而我就是他们的靶子。我知道那是因为我在想着,或者一直都在浪费宝贵的时间把自己当成别人的靶子,我已经很后悔,所以我正在发现自己的弱点,我在想如何做一些调整,让改变发生。

身上的伤痕的确多了很多,我的受伤能力的确很强,但我不清楚自己的耐伤能力是否也同步地增强。我很渴望自己有一个衡量测试器,可以用它来帮助我测量自己的改变效果,到底有没有把自己抗拒悄然而至的疼痛的能耐给提升了。

至少到现在,我已经比从前坚强很多,我的觉悟有了很大的提升,我觉得有一丝欣慰。我不会堕落,因为我的伤痕确实太多了,内心还有好多没有愈合的伤痕,我不忍心辜负自己的夙愿,我需要做出很多牺牲,丢掉身上不必要的包袱,还有尽情挣脱多余的束缚,真正地勇敢起来。

孤单了,是一个人在某个自己喜欢的安静的角落认真看书的感触。曾经有人对我的生命轨迹造成很大的影响,现在那种影响的各种影子,又在撩动我的内心,不知道是喜是悲,我只知道应该是自己大胆尝试的时候到了,不要再沉默了,仅是对于自己,要敞开胸怀,学会跟自己谈话,做自己最好的朋友,那就可以减少很多疼痛,拒绝精神的毒品,不受无理取闹的限制了。

在命运最低谷毅然起飞

只有经历过最痛苦的命运，才会最懂得珍惜生命的重要性；只有到达过最高的雪峰，才能采摘到千年的冰山雪莲；只有经历过最黑暗的黎明，才能赢得全新一天的开始。

每个人的命运都有属于他自己的低谷，低谷并不可怕，可怕的是一个人失去了抵抗低谷里各种各样苦难的勇气和毅力。要想从最低点到达属于自己的最高点，就必须毅然决然地相信自己能够飞到最高点，否则一切都只是幻想。

诗人顾城在国外难以依靠写诗维持生计，不懂得如何让一个家变得和谐，而且还无视妻子的存在，与北大女记者经常寻欢作乐。他的整个家庭到了面临最大危机、最难运转的时刻，他也到了命运的最低谷。但顾城只会写诗，只一味地有一颗天真的心，完全没有面对现实的勇气，被迫无奈之下，他先将自己的妻子杀死，然后制造自杀的悲剧。这就缘于他完全丧失了面对低谷的强大勇气，不能毅然决然地寻找一份维持生计的工作或者选择回国另谋发展，最后他酿造的诗歌界里一个巨大惨剧值得让世人为之深思。

并不是每一个人都有能力战胜最低谷里面的所有困难，有很多人是

思想的子弹

死在这些困难里的。

其中有因为困难实在是超过了一个人的最大承受能力，但这是极少可能的，比如说，癌症晚期患者，已经到达了生命的最低谷，健康状况已经到了最坏的情况，这种死的出现是人类的自然力无法抗拒的。

也有的人是被最低谷吓死的，每个人都知道自己有状态不好的时候，便会怀疑自己是不是又进入了低谷，而且会不会是命运的最低谷。由于很多人内心太过浮躁，缺乏一种宁静致远的精神，于是面对自己对自己的情况做出的各种并不科学的猜测和怀疑时，难免就会有自己把自己吓死的情况。有一些中晚期癌症患者，一听说自己患上癌症，便日思夜想，白天黑夜都在担心自己会不会在下一秒死去，原本有可能通过化疗和放疗这些治疗手段使自己康复的，但是由于自己把自己的不幸想象得太过夸张，然后"怕"死在命运的似假似真的最低谷里。

一个极其顽皮的少年，有过一次断臂的恐怖经历，才最深刻地知道要保护好自己的手臂和身体；一个内心曾经被外界无数次无情折磨得快要窒息的孩子，才最深刻地知道要让自己的内心强大起来，不再被外界的形形色色所困扰和折磨；一个掉进深井的青年，才有从井底爬到井口、重见光明和告别井底之蛙处境的最令人难忘和最令人珍惜的机会和可能。

所有的不幸的出现，都是为了成为锻炼我们最高素质的原材料和牺牲品，而我们作为这些物品的受赐者，理所应当有义务充分利用好这些不幸，而此时最低谷便是最大的不幸，但你可以凭借自己的才智和潜力，不惜一切地牺牲自己最大的不幸，让它跟随自己去换取自己最大的幸运。

当你从最低谷里酝酿出最具有哲理的思想时，你就会长出一双坚厚的隐形的翅膀，只要你有心有力，你就是一只可以一直保持飞翔状态和不断向目标飞去的雄鹰，你就会做一个成功的尝试者。

命运容不得自己任意挑剔和抉择，但命运容得我们选择想象的场景，容得我们毅然决然放弃偷懒和畏惧的懦弱表现，容得我们对让人捉摸不定的生活保持一份不灭的激情，容得我们在受伤得最惨重的时候，表现出最顽强的生命力，并且果断坚定信念从命运最低点向命运最高点飞去的优秀品质。

真正的适应是怎样的

思想的子弹

很多人在一个环境里面待久了，不明不白地就淡化了当初对自己意识要求上的观念，例如忘记了最初的梦想，忘记了自己应该做好哪些事，应该花很少时间做哪些事，又例如斗志丧失、消极沉闷，或者一直是甘于现状，没有新的元素出现，其实这些都是一个人不曾真正适应环境的表现。

真正的适应，是能够放下所有的包袱，或者说有包袱，但是一旦做起事情来，都是有计划、有分寸、有把握地有条不紊进行，不会受到外界的评论的影响而改变自己原先的，自己都特别赞同并且立志要为之坚持一生一世的立场，称为坚定的信念，这是真正是适应环境的一个重要因素。

并不是所有看似平静和安稳的人都是处于情感和理性的安静当中的，有些人就是学会了装的功夫，所以面对什么情况都有经验装出一个不真实的自己,把那些面具戴在自己的脸上,让世人只看见他的虚假的面目,这不是一种真正的适应,这是在逃避现实对自己的检验。

不要计较近期利益的得失,因为人生是必定要经历挫折和失败的,如果人生要完美,那也是需要有泪水和微笑融合在一起才是完整的,然后才能达到完美的程度。得失其实就是一个应该擦亮心灵之光的过程,得时的喜悦和失时的落寞,其实都是要我们学会去承受的,让它们化作新的学习和提升的动力,这才是不局限于当前局势,谋求新进步的表现,才算是一种真正的适应。

别习惯了让别人来安慰你,偶尔知识没掌握好没事,但是说这些话的人大多都是已经学习好了的人,所以我们要督促自己学习,有自己的学习安排,不能够偷懒,有自控能力,随时做好学习的准备,或者手头上就有供自己学习和记笔记的工具,这才是一种真正的适应。

不要太计较别人对你的外表的评价,因为我们自己都有一套价值和审美体系,我们长什么样,其实我们自己应该是最清楚的,我们不能被别人的肤浅的表扬蒙蔽了,更不能被别人的奚落而让心灵蒙上一层厚厚的灰,适当地理性地听别人的话,才算是真正的适应。

要看得清自己肩上扛着的压力,自己头上顶着的使命,不要忘了自己现在的角色,人生这部戏其实自己才是主角,其他人都只是我们自己这部戏的配角,或者说别人只是我们的一面镜子,是我们判断自己是否积极生活的一个标准,这是真正的适应者应该具有的素质。

不被金钱和利益所诱惑,但是又要保护好自己不可被侵犯的自私,因为这种特殊的自私是一个人不可被侵犯的神圣的权利。这个世界不能没有钱,我们不能不自私,因为我们必须要学会爱自己,这是我们把自己的影响力给别人的一个前提,适当地把金钱作为追求,把自己的自私保护好,我想这是真正适应社会的一个原则。

动作不够快,就必定会被动作快的人霸走了我们原先可以霸占的位置,如果真的想要得到自己想要得到的,那动作就必须要快,并且心灵干净不浮躁,责任感强烈,有自己的精神依靠,抢占优势才能够顺利地战胜困难和挫折,以一种真正适应的心态去跟对手竞争。

很多人不必去留恋,因为最需要被自己认识的人其实就是我们自己,要学会把精力集中在想尽一切办法如何改造自己上,把前贤和先哲以及当代著名人物的优秀品质嫁接到我们身上,然后我们再根据自己的实际情况与需求,做出一种放得下所有事物的选择。

有很多话是不用说出口的,不要过于绝对地针对某一件事情发表点评,因为过于匆忙的付出很难取得预期中的效果,凡事多考虑一段时间,要学会三思而后行,不要随随便便地把自己的生命安排,不要轻易回答别人,不要没有目标地敷衍和欺骗自己。

适应除了身体上要学会克服水土上的不服,还需要把内心的不服也颠覆过来,身体和心灵其实是肉体和灵魂的同义,无论处于什么境地,如果都可以用一种输得起又可以赢得下的决心与定念,我们就可以真正地忽略那些无聊的瞬间了,做一个充分利用时间的人。

真正的适应,不应该是只学习或者只看书的,在一个环境里,除了给自己补充理论知识,还需要不断地弥补实践知识,实践才能出真知,只局限在默默无闻或者做浪费时间的罪人的角色里,是对自己这个小生命的前途的扼杀。真正的适应,应该是懂得拥有高瞻远瞩意识的,既要做好现在的自己,还要透析昨日的自己,还要学会预测下一次的任务。

有些人很有潜力,可就是因为自己的潜力被自己当作一种优势,其实这完全只是非专业人士的浅薄看法。潜力要转化为真正的能够压迫对手的魄力,才是真正的潜力。没有谁没有潜力,潜力靠智慧和明亮的双眼发现,开发潜力其实就像把南极洲的冰雪融化了,没有什么特殊的技巧可言,真正的适应,是要让你知道自己的潜力的开发不能够一拖再拖。

思想的子弹

累了，如果只是身体累，没事，我们继续我们的生活和学习的旅程。如果是心灵累了，我们要大胆地让自己在质辩之后得出的结论去指使我们下一步的学习安排该怎么走。起码自己的秘密再告诉自己一次，我们的生命就才会因为体验过是是非非而对这个世界更有深入的认识。

有些事情是不必去做的，因为它们不值得我们花时间，还有的事情是不应该去做的，做了会干扰自己，触犯自己做人的底线，还有可能严重影响到别人，这也是一个真正适应环境的人应该有的气质，分清事情的本质，该做与不该做，可做与不可做。

事情还有主次、轻重缓急之分，有些事情是一定要做好的，但是可以用一种定力去支撑做这些事情的精神和灵魂的根基，保持一种上进与积极，能够接受世界最好的洗礼，准备好随时随地要学习，有计划以今日之我胜昨日之我，这是一种真正适应的表现。

事情本来就充满着很多变数，我们有了自己既定的大方向，我们的人生轨道必定是一条曲线，有断节或者是没有断节，这都是正常的，要有一种叫作敢于挑战自己和挑战别人的气概，这样活着才有希望一次比一次把事情做得更好，我们对于事物的控制才会越来越熟悉，不再因为新情况的出现而出现脑海的空白和眩晕，要学会灵活而机敏地面对一切改变。

这个世界上有很多人是习惯或者说被习惯于追求功利，我们好好想想，一个人赤裸裸地来到这个世界，最终还是要赤裸裸地什么物质都不能带到另外一个世界，我们要把对功利的追求看得淡一些，价值观更精确一些，关注自己的实际的身体和心灵的成长和成熟，在有把握得到自己生存所必需的资源的前后，能以一种淡定和平静的心态去做人，这也是真正适应生活的一类人不可缺少的特性，对外界的有色眼镜在这个时候基本上不起任何作用了。

实的，虚的；大的，小的；好的，坏的；明的，暗的；爱的，恨的；暖的，冷的;上的,下的;前的;后的;弯的,直的……外界只是我们存在的一种空间,我们不是空间的俘虏,我们要做真正的自己,做真正的自己就需要把外界的信息进行滤过处理,让那些垃圾信息和无效信息不能进入我们的视野,提高自己对于种种"病毒"或者侵犯迫害的免疫能力,尽自己最大的努力和能耐去追求属于自己的高尚和伟大,让自己的形象在自己的内心和印象中鲜明起来,不以物喜,不以己悲,把自己升级为生命的主宰,理想的把握者,未来的主人,却又不强求自己得到可有可无的小名小利,把短期目标不断实现,把长期目标保护好,把自己内心不可被侵犯的秘密岛屿守护好,用长远的目光看问题,用最充沛的精力度过每一分每一秒,有一种坚持到底永不放弃的气概,敢作敢为,聪明地积累自己的优势,这才是真正的适应。

思想的子弹

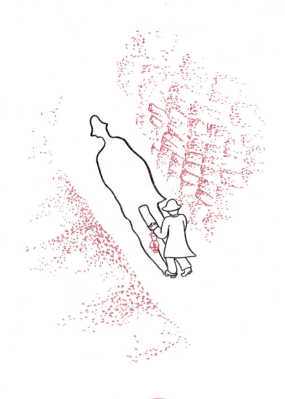